EL DUEÑO DE LAS ESTRELLAS

Juán Ruiz de Alarcón

PERSONAS QUE HABLAN EN ELLA:

- **LICURGO**, galán
- **El REY** de Creta, galán
- **TEÓN**, galán
- **PALANTE**, cortesano
- **TELEMO**, criado
- **CORIDÓN**, gracioso, villano
- **DORISTO**, villano
- **LIDORO**, villano
- **BATO**, villano
- **POLIDORO**, cortesano
- **Un ALCAIDE**
- **SEVERO**, viejo grave
- **TELAMÓN**, críado de Licurgo, que adopta el nombre de Danteo
- **CRINEO**, escudero
- **DIANA**, dama, hija de Severo
- **MARCELA**, dama
- **MENGA**, villana
- **VOZ** del oráculo
- **CRIADOS**
- **VILLANOS**
- **MÚSICOS**

ACTO PRIMERO

Salen al son de chirimías el REY, SEVERO y PALANTE, que sacan pendientes del cuello una medallas doradas. Arrodíllanse ante el altar

REY: Délfica gloria, refulgente Apolo,
del cielo cuarto ilustrador eterno,
a quien los hados concedieron solo
de la luz la tiara y el gobierno;
que desde Arturo al contrapuesto polo,
y desde el alto impíreo al hondo infierno
con tus piramidales rayos miras,
mientras el carro de diamante giras;
 pues Júpiter ordena soberano
que yo en la edad de joven floreciente
el cetro mueva en la inexperta mano
que dilata su imperio en el oriente;
tu vaticinio, que jamás es vano,
ciego me alumbre y tímido me aliente.
El orden de reinar en paz me explique,
y en mí y en mi corona pronostique.

VOZ: Pide a Licurgo el árbol venturoso. **Dentro**

Cubren el altar y tocan chirimías

SEVERO: Aquí cesó el oráculo febeo.
REY: Su respuesta me deja más dudoso.
 Su fin no entiendo, y sus palabras creo.
SEVERO: Interpretarlo, pues, será forzoso,
 para cumplir, señor, vuestro deseo.
REY: Diga Palante qué misterio esconde,
 según su voto, lo que el dios responde.
PALANTE: Yo entiendo, gran señor, que Apolo ordena
 que de Licurgo el espartano imites

la vida singular, de ciencias llena,
porque el bien de tu reino facilites.
REY: Tu explicación, Palante, es muy ajena
de la verdad, si la razón admites;
que el cargo de reinar no me reserva
tiempos que dar al culto de Minerva.
PALANTE: Yo quedo convencido, y ya deseo
que vuestra alteza la sentencia obscura
explique del oráculo febeo.
REY: De este reino cretense la ventura
el santo vaticinio, según creo,
pronostica, y del todo la asegura,
si las leyes traslado a este hemisferio,
que dio Licurgo al espartano imperio.
PALANTE: Gran rey de Creta, no a tu ingenio agudo
hay ciego enigma, frase no secreta.
REY: ¿Qué decís vos, Severo?
SEVERO: Que no pudo
a la respuesta del mayor planeta
darse otra explicación.
REY: Pues yo no dudo,
si vuestro gran saber nos la interpreta,
que la entendáis mejor. Decid, Severo.
SEVERO: Obedeceros, no enmendaros, quiero.
     "Pide a Licurgo el árbol venturoso",
dijo el dios, y mi lengua así lo explica:
No hay árbol para un reino más dichoso
que el de la oliva, porque paz publica;
pues pedirlo a Licurgo el luminoso
Apolo manda, claro significa
que si de él gobernáis acompañado,
aseguráis la paz de vuestro estado.
     Que si, como decís, Febo quisiera
que mandase guardar vuestro estatuto
las leyes que él dio a Esparta, no dijera
que le pidáis el árbol, sino el fruto.
El árbol dijo; y si esto se pondera,
del mismo causador es atributo,
y de Licurgo mismo la persona
la oliva vendrá a ser de esta corona.

REY: Yo quedo de las dudas satisfecho.
              Vos habéis sus misterios penetrado.
SEVERO: Lo que mandastes, gran señor, he hecho.
              Mi explicación pedistes, yo la he dado;
              mas no por esto presumió mi pecho
              mejor que vos haberlo interpretado;
              que aunque en hacerlo os haya obedecido,
              a vuestro parecer estoy rendido.
REY: Si os sujetáis a mí como discreto,
              porque soy vuestro rey, Severo amigo,
              a vuestro parecer yo me sujeto,
              que de vuestra prudencia soy testigo.
              Sin duda es ése el celestial decreto,
              y a su precisa ejecución me obligo;
              sólo ya resta agora saber dónde
              esa oliva de paz la tierra esconde.
SEVERO: Tu venturoso reino es quien merece
              igual tesoro, si verdad pregona
              alguna vez la fama, y enriquece
              tan estimable piedra tu corona;
              pero mudado el nombre, le oscurece
              villano traje la real persona;
              que graves causas de piadoso celo
              tanto le ocultan a su patrio suelo.
REY: Pues si con otro nombre en traje rudo
              su luz eclipsa en ásperas montañas,
              ¿quién le hallará?
SEVERO: La humana industria pudo
              vencer dificultades más extrañas.
REY: Ya con la vuestra conseguir no dudo
              más altas y difíciles hazañas.
SEVERO: Mi ingenio, si gustáis, no dificulta
              desvanecer la nube que le oculta.
REY: De los servicios grandes que habéis hecho,
              Severo noble, a mi real corona,
              éste será el mayor.
SEVERO: En su provecho
              del clima helado a la abrasada zona
              no hay conquista imposible, que mi pecho
              no se atreva a emprender. Vuestra persona

mil lustros viva; que al momento parto
a obedecer al dios del cielo cuarto.
REY: Partid, y para gastos del camino
lo que queráis pedid al Tesorero.
SEVERO: Júpiter os prospere.

Vase SEVERO

PALANTE: Yo imagino
que ha trazado esta ausencia de Severo
en favor de tus ansias tu destino;
que sin su amparo fácilmente espero
que de su hija goces.
REY: ¡Ay, Palante!
amado espero, y desespero amante.

*Vanse los dos. Salen por una parte TEÓN, y
CRIADOS con MENGA; y por otra CORIDÓN con una olla*

CORIDÓN: ¡Menga! ¡Ah, Menga! (¡Qué embebida   **Aparte**
le está escuchando! Yo vea
casado, prega a los cielos,
a quien me casó con ella.
Cuando os traigo la comida
con tanto amor, que pudiera
obligar a un duro mármol,
¿me estáis vos haciendo ofensa?
¡Ea, de esta vez la abraza!
¡Voto a tal, si no tuviera
embarazadas las manos...!)
TEÓN: No tiene el mundo riquezas,
si es que tesoros cudicias,
que a tu hermosura no ofrezca.
CORIDÓN: (Él habla, y ella le escucha.   **Aparte**
Concertada esta la fiesta.)
TEÓN: Dame los brazos, serrana.
CORIDÓN: (Si llega a brazos con ella,   **Aparte**
mi mujer caerá debajo;

que tiene muy pocas fuerzas.)
MENGA: Ved que vendrá mi marido.
CORIDÓN: (¡Ay, que la abraza!)   **Aparte**
TEÓN: No temas.
CORIDÓN: (Mas que he de quebrar la olla, **Aparte**
Menga, si tanto me aprietas.
Tengo de ver en qué para.
La mano le toma, y Menga
lo sufre. Quiebro la olla.

La arroja

Por Dios, que no ha de comerla.
Mas he de ver en qué para.
¡A su aposento la lleva!
No puede parar en bien.

Vanse TEÓN y MENGA

¡Lacón, Lacón!

Sale LICURGO, de villano

LICURGO: ¿Que voceas?
CORIDÓN: ¡Favor, que achaques de ciervo
me amenazan la cabeza!
LICURGO: ¿Pues cómo?
CORIDÓN: Ese pasajero
a mi mujer me requiebra.
LICURGO: Si tú, que eres su marido,
no lo estorbas, ¿cómo intentas
que yo me encargue de hacerlo?
CORIDÓN: Yo só, Lacón, una bestia,
y no hacen caso de mí.
LICURGO: Tú eres su marido, llega;
que siéndolo, bastará
a estorbarlo tu presencia.

CORIDÓN: Pues venid vos a ayudarme.
LICURGO: Yo iré contigo. No temas;
          que la razón te acompaña.
CORIDÓN: ¡Ah, mujer!

CRIADO 1:   Villano, espera.

MENGA: Éste es mi esposo.
TEÓN: Yo haré
          que mi gente le entretenga.
          ¡Detened ese villano!
CRIADO 1:   Está haciendo la cuenta
          para pagar la posada.
          No estorbéis.
CORIDÓN: ¿Y para hacerla
          estorbo?
CRIADO 1:   Sí.
CORIDÓN: Pues errarse
          querran contra mí en la cuenta.
          Mire, señor, de cebada...
TEÓN: ¡Villano, aparta!
CORIDÓN: Esta hacienda
          está a mi cargo, y yo soy
          quien ha de dar cuenta de ella.
TEÓN: ¡Echadle a palos!
CORIDÓN: ¿Que me echen
          a palos? ¿Qué tierra es ésa?
CRIADO 1:   Esto es palos.

CORIDÓN: ¡Ay de mi!
          Palos es muy mala tierra.

LICURGO: ¡Tened! No le maltratéis,
              tras hacerle tanta ofensa,
              que no es justo castigar
              en él vuestra culpa mesma.
CRIADO 1:   Este villano está loco.
CRIADO 2:   Morir sin duda desea.
CRIADO 1:   No conoce de Teón
              la cólera y la fiereza.
CRIADO 2:   Presto probará sus manos,
              si prosigue lo que intenta.
LICURGO: ¿De qué tirano crüel,
              de qué barbaro se cuenta
              que a los ojos del marido
              emprenda cosas tan feas?
TEÓN: ¿No veis qué puesto en razón
              es el villano?
LICURGO: A las fieras
              oprime su fuerte yugo.
TEÓN: Sin duda enojarme intentas.
LICURGO: Yo lo que es justo pretendo.

Da un bofetón a LICURGO

TEÓN: Pues, villano, aunque lo sea,
              ni te opongas a mi gusto,
              ni a mi grandeza te atrevas.
LICURGO: Coridón, dame ese tronco;
              que con él verá esta sierra
              la venganza de este agravio
              con sangre escrita en sus penas.

*Quítale a CORIDÓN el bastón, y
ríñen; y vanse retirando TEÓN y sus CRIADOS*

MENGA: ¡Ay de mí! ¿Qué puedo hacer?
CORIDÓN: ¡Buena la habéis hecho, Menga!

Vase MENGA

CRIADO 1:   ¡Tente, villano!
TEÓN: ¿Qué hacéis?
        ¡Matadle!
CORIDÓN: ¡Aquí de la aldea!
        ¡Acudid todos, mancebos,
        que a mí, para las pendencias,
        desde que quebré la olla,
        se me han quebrado las fuerzas!

Salen TELAMÓN y algunos VILLANOS

CRIADO 1:   Libra, señor, tu persona;
        que el número se acrecienta
        de villanos.
TEÓN: Mientras subo
        a caballo, su violencia
        resistid.

Vase TEÓN

LICURGO: ¿Huyes, cobarde?
VILLANO: ¡Mueran los crïados, mueran!
LICURGO: No mueran. ¡Tened, amigos!
        Que no es justo que padezcan
        del delito de su dueño
        ellos sin culpa la pena;
        antes, pues por él sus vidas
        como leales arriesgan,
        merecen premio, y a mí
        me obligan a su defensa.
        Id en paz; y porque acaso
        los mancebos de esa aldea,
        que alborotados concurren,
        ni os impidan ni os ofendan,
        os acompañe Danteo.

Señalando a TELAMÓN

CRIADO 1:   Estatuas merece eternas
tal prudencia en ofendido,
y en villano tal nobleza.

Vanse los CRIADOS

LICURGO: Danteo, escucha.

Habla aparte a TELAMÓN

Al descuido
con disimulo y cautela,
del nombre te has de informar
del que me hizo esta ofensa;
que yo no se lo pregunto,
porque con eso les diera
recelos de mi venganza,
y de mi intento sospechas.
TELAMÓN: No volveré sin saberlo.

Vase TELAMÓN

CORIDÓN: Por Dios, Lacón, gran paciencia
habéis tenido en quitarnos
de las manos esta presa.
LICURGO: Si se escapó el ofensor,
venganza fuera de bestia
quebrar la furia en la capa.
CORIDÓN: Antes fuera justa empresa,
pues hacerme quiso toro,
que yo en vengarme lo fuera.

*Vanse todos. Salen SEVERO, con gabán, y
TELEMO*

SEVERO:	En este desierto prado,
	ciudad de plantas y flores,
	hoy todos los labradores,
	según he sido informado,
	 de las vecinas aldeas
	concurren a celebrar
	fiestas, que, del luminar
	más claro, llaman febeas.
TELEMO:	Ya bajan mil por el monte.
SEVERO:	(Hoy goza buena ocasión	**Aparte**
	mi artificiosa invención,
	si es por dicha este horizonte
	 el depositario mudo
	del sabio Licurgo.) Atiende,
	Telemo.
TELEMO:	¿Qué mandas?
SEVERO:	Tiende
	en este desierto rudo
	 todas mis mercaderías.
TELEMO:	El jüicio he de perder.
	¿Que hayas dado en mercader
	tú, que este reino regías?
SEVERO:	Cuando consiga el efeto,
	aprobarás la mudanza;
	y en tanto que no se alcanza,
	obedece y ten secreto.

Hacen dentro ruido de baile de villanos

TELEMO:	¡Qué regocijados vienen
	los villanos!
SEVERO:	Dan al dia
	holocaustos de alegría.
TELEMO:	El seso en las plantas tienen.
SEVERO:	Débenle de celebrar
	también sus fiestas a Baco.
TELEMO:	Mientras yo la tienda saco,
	puedes tú verlos bailar.

MÚSICOS:	*"Sacrificios soberanos*
dan a Febo los serranos.
Hoy las humildes aldeas
celebran glorias febeas,
dando al dios que luz envía,
por un año sólo un día,
y de millares de frutos
voluntades por tributos.
Por los bienes recebídos,
devotos y agradecidos
los serranos, hoy le dan
sacrificios a Titán."

LICURGO:	¿Tú no bailas? ¿Qué tristeza,
Coridon, la tuya es?
CORIDÓN:	Para menear los pies
pesa mucho la cabeza.
LICURGO:	¿Al fin se despareció
tu mujer?
CORIDÓN:	Si, desde el dia
que el cortesano queria...
--ya entendéis--se me escondió.
Pero tras este pesar
otro, Lacón, muy mayor
me aflige.
LICURGO:	¿Y es?
CORIDON:	Un temor.
LICURGO:	¿De qué?
CORIDÓN:	De que la he de hallar.
LIDORO:	Hora es ya de comenzar
las pitias fiestas y juegos.
Fuertes, valerosos griegos,

¿hay quién me apueste a luchar?
CORIDÓN: Luchemos los dos, Lidoro.
LIDORO: ¿Yo con vos? ¡Guarda!
CORIDÓN: ¿Teméis?
LIDORO: Si, Coridón; que tenéis
tanta fuerza como un toro.
CORIDÓN: Y si es pulla, que no valga.
¡Mal haya quien me casó!
BATO: A correr apuesto yo.
Si alguno se atreve, salga.
CORIDÓN: Quien se atreva hay en el prado.
Corramos, Bato, los dos.
BATO: No, con vos no, porque vos
correréis como un venado.
CORIDÓN: ¿Otra vara? Mas, ¿qué tienda
es ésta de varias cosas?
SEVERO: Baratas son y curiosas.
CORIDÓN: ¡Quien tuviera mucha hacienda
para comprarlas!

Sale TELAMÓN

LICURGO: Danteo,
en buen hora hayas venido.

Hablan aparte LICURGO y TELAMÓN

TELAMÓN: A tu ofensor he seguido;
mas fue vano mi deseo.
  Recatáronse de mí
de suerte, que en tres jornadas,
ni en caminos ni posadas
nombrarle jamás oí.
  Volverme al fin me mandó;
pero ya que su recato
me ocultó el nombre, un retrato
de una dama permitió
  su descuido a mi deseo

15/93

guardarle, que puede ser
que contigo venga a hacer
lo que el hilo con Teseo.
    Por dicha sera instrumento
para salir de esta duda.
LICURGO: Con el tiempo y con su ayuda
espero lograr mi intento.
    Pagaráme el bofetón
aquella mano atrevida;
que el cielo me dará vida,
y mi cuidado ocasión.
CORIDÓN: En mi vida me agradó
cosa como este vestido
Mas si Menga se me ha ido,
¿para qué le quiero yo?
BATO: A un manso darle podrá
esta esquila presunción.
LIDORO: Compradla vos, Coridón.
CORIDÓN: ¿Otra vara? ¡Bueno va!

Vanse BATO, LIDORO y CORIDÓN

MÚSICOS: _"Sacrificios soberanos_
dan a Febo los serranos."

Vanse los VILLANOS y los MÚSICOS

LICURGO: Agora quiero llegarme,
que está solo el mercader;
que espada habré menester,
pues que trato de vengarme.
TELAMÓN: Compra también para mí.
LICURGO: Viejo honrado, el claro Febo
os guarde.
SEVERO: Y a vos, mancebo.
    ¿A que os inclináis aquí?
    Algo comprad.

LICURGO toma una espada y tiéntala

LICURGO: Eso quiero.
     Paréceme que esta espada
     está bien aderezada,
     y mal templado el acero.
SEVERO: Pues ved ésta, que al dios Marte
     adornar pudiera el lado.

Toma LICURGO otra y tiéntala

LICURGO: Pudiera, a no estar pasado.
SEVERO: (No sois bisoño en el arte.)   **Aparte**
          ¿No os contentará ninguna?
LICURGO: Con todo, pienso comprar
     estas dos. ¿Que os he de dar?
SEVERO: Costaros ha cada una
          seis monedas.
LICURGO: Porque veo
     que os pusistes en razón,

Dale dineros, y las espadas a TELAMÓN

     no os replico. Tú al meson
     las lleva al punto, Danteo.

Habla aparte a TELEMÓN

     Escóndelas. Nadie vea
     la prevención hasta ver
     el efeto.
TELAMÓN: (Así ha de hacer   **Aparte**
     el que vengarse desea.

Vase TELAMÓN

SEVERO: Ved si queréis otra cosa.

LICURGO mira libros

LICURGO: Estos libros, ¿de quién son?
SEVERO: Las leyes con que Solón
    a Atenas hizo dichosa,
      son éstas.
LICURGO: A no haber sido
    el reino con él ingrato
    en favor de Pisistrato,
    ambicioso y presumido,
      fuera más dichosa Atenas.
SEVERO: Él fue, sin ajeno agravio,
    el legislador más sabio.
LICURGO: Ligeramente condenas
      los demás, y es imprudencia.
SEVERO: (Parece que lo ha sentido.)   **Aparte**
    Pues decid, ¿quién le ha podido
    hacer jamás competencia?
      Que Licurgo puede ser
    estrella en comparación
    del claro sol de Solón.
LICURGO: (¡Qué arrojado mercader!)   **Aparte**
      Más sabréis de mercancías
    que de leyes.
SEVERO: Imprudente
    fuera en fundar solamente
    en mi opinión mis porfías.
      A muchos sabios he oído
    asentar esto por llano;
    y dicen mas, que tirano
    Licurgo a su patria ha sido
      en las leyes que le dio.
    Los efetos lo probaron,
    pues apenas las juraron,
    cuando de su patria huyó,
      porque no le compelieran

a derogallas, y es cierto
que no se hubiera encubierto
si justas sus leyes fueran.
LICURGO: Quien tal piensa se ha engañado.
(A cólera me ha movido.)   **Aparte**
SEVERO: (¿El color habéis perdido?   **Aparte**
¿La ira os ha demudado
   cuando injurias escucháis
de Licurgo, y con pasión
natural inclinación
a letras y armas mostráis?
   Hallé a Licurgo, vencí,
logré mi intención; que mal
puede la sangre real
no dar resplandor de sí.)
   Ya el encubrirme es en vano.
¿Conocéis esta medalla?

Muéstrale la del pecho

LICURGO: Conocerla y respetalla
por su dueño soberano
   es fuerza, y a vos por ella.
SEVERO: Puesto que debéis saber
que es ley el obedecer
a quien mereció traella,
   venid al punto conmigo.
LICURGO: ¿Dónde me queréis llevar?
SEVERO: El rey de Creta a llamar
os envía, su orden sigo.
LICURGO: (¡Dioses! ¿Si me ha conocido?   **Aparte**
El vicio es Ulises griego.
La propria pasión el fuego
descubrió, y haber caído
   no es mucho en descuido tal;
que, ¿quién prevenir pudiera
tal cautela? ¿Quién creyera
que en el grosero sayal
   viniera encubierto asi

el engaño cortesano?
          El resistir es en vano;
          mas negaré, pues de mí
             no tiene ciertos indicios.)
          ¿Qué puede querer, señor,
          el rey a un vil labrador?
SEVERO: Secretos son los jüicios
          de los reyes. Vos callad
          y obedeced.
LICURGO: Justa ley
          es la voluntad del rey.
          Ya le obedezco; guïad.

          Hablan aparte TELEMO y SEVERO

TELEMO: ¿Esto sólo ha pretendido
          tu disfraz?
SEVERO: Si, hasta que esté
          en la corte encubriré
          el haberle conocido.

          Vanse todos. Salen DIANA y MARCELA

MARCELA: A la mitad ha llegado
          de su curso tenebroso
          la noche negra. Al reposo
          rinde, Dïana, el cuidado.
DIANA: Hasta que venga mi hermano
          Polidoro, estando ausente
          mi padre, no es conveniente
          entregarme al sueño vano.
MARCELA: El rey le llamó, y ya ves
          que las cosas de palacio,
          como son graves, de espacio
          mueven los pesados pies.
DIANA: Eso mismo es, mi Marcela,
          despertador del cuidado;
          que a mi pecho enamorado

cualquier novedad desvela.
    Como por el rey, amiga,
me abrasa el amor tirano,
haber llamado a mi hermano
a mil discursos me obliga;
    y así, mientras temo y dudo
entre esperanza y deseo,
no verás que de Morfeo
me entregue al silencio mudo.

Sale CRINEO

CRINEO: Palante, señora mía,
    te quiere hablar.
DIANA: ¿Quien?
CRINEO: Palante
    cierto recado importante
    dice que con él te envia
        tu hermano. ¿Abriréle?
DIANA: Aguarda,
    que estando mi padre ausente
    y mis hermanos, decente
    no será.
MARCELA: ¿Qué te acobarda?
DIANA: Mi justo recato.
MARCELA: Es vano;
    que salvoconducto tiene
    el mensajero que viene
    con licencia de tu hermano.
DIANA: Bien dices. Abrirle puedes.

Vase CRINEO

MARCELA: A la mujer que es honrada,
    no la tienen tan guardada
    inexpugnables paredes
        como su proprio valor.
    Viviendo tú como debes,

nunca de escrúpulos leves
temas ofensa en tu honor.

REY: Sola con su prima está.
PALANTE: Bien tu dicha lo ha dispuesto.
REY: Bella Dïana...
DIANA: ¿Que es esto?
          ¿Es el rey?
REY: Sí, rey es ya
          quien de tan altos despojos
        dueño se puede llamar,
        y se llega a coronar
        de los rayos de tus ojos.
DIANA: ¿Quién, Palante, esperaría
        de vos tal engaño?
PALANTE: Es ley
        la obediencia de mi rey.
REY: Si hay culpa aquí, toda es mía.
DIANA: Bien, recelando mi daño,
        resistió mi corazón;
        tú, prima, fuiste ocasión.
MARCELA: ¿Quién previniera este engaño?
REY: ¿Qué es esto? ¿En qué demasías
        se fundan estas querellas?
        Mira, Diana, que de ellas
        van ya naciendo las mías.
          Cuando yo, tan satisfecho,
        tan firme y tan confïado
        del amor que me has mostrado
        con favores que me has hecho,
          me desvelo en fabricar
        engaños y fingimientos,
        con que a nuestros pensamientos
        no impida el tiempo y lugar
          tu hermano, a quien descuidado
        en mi antecámara tengo,
        mientras yo, mi gloria, vengo
        tan secreto y recatado

a gozar de la ocasión
que yo estimo y tú deseas,
si no es que mudable seas,
o fingida tu afición;
   ¿te afliges, riñes y alteras,
y con desdén tan extraño
te ofendes del mismo engaño
que pensé que agradecieras?
DIANA: Supremo Rey, no te espante
en mi recato este efeto;
que bien cabe en un sujeto
ser honrada y ser amante.
   Lo que no puede caber,
según natural razón,
en un mismo corazón,
es el amar y ofender.
   Tú, pues con exceso igual
procuras mi deshonor,
o no me tienes amor,
y siendo así, me está mal
   arriesgar por ti mi fama;
o si tu pecho es fiel,
dos contrarios miro en él
que a un tiempo me ofende y ama.
   Y si es así, no te espante,
si ofender y amar en ti
caben, que quepan en mí
ser honrada y ser amante.
REY: En venirte a ver, no creo
que te ofendo; antes pensaba,
señora, que te obligaba;
que si el amor es deseo
   de gozarse, y mis despojos
dices que adora tu amor,
¿no es tu lisonja mayor
el presentarme a tus ojos?
DIANA: No es lisonja, si con daño
de mi honor y fama ha sido;
y prueba el haber venido
a verme con tal engaño

que mi ofensa conocías;
que es muy claro que no usaras
de cautela si pensaras
que en ello gusto me hacías.
REY: No concluye esa razón.
La mujer de amor más ciega
quiere parecer que llega
forzada a la ejecución;
     y así yo, que el tuyo creo,
por servirte te he engañado,
pues con eso he disculpado
y cumplido tu deseo.
     Si amarme juran tus labios,
y si has visto mis finezas,
¿por qué en vanas sutilezas
fundas injustos agravios?
     De livianos devaneos
no nazcan necias venganzas;
logremos las esperanzas
de tan ardientes deseos.
     ¡Dame esos brazos...!
DIANA: Advierte...
REY: ...que la ocasión vuela y pasa.
DIANA: ...que eres...
REY: Quien por ti se abrasa.
DIANA: ...que soy...
REY: Quien me da la muerte.
     Licencia a todo me has dado,
pues que tu amor me declaras;
y si tú honesta reparas,
yo resuelvo confïado.
     Y con justa causa emprendo
el fin que el amor desea,
pues aunque airada te vea,
no he de pensar que te ofendo.
DIANA: (Resuelto está. ¿Que he de hacer? **Aparte**
Tiene ocasión, tiene amor...
Mas para guardar mi honor,
la industria me ha de valer.)
     ¿Que importa que finja enojos

y recatos de mi fama,
cuando de mi amor la llama
brotando está por los ojos?
    Ciega de amante me veo;
que la mujer que ha llegado
a declarar su cuidado,
rendida está a su deseo.
    Vencido está ya el honor,
prostrada la honestidad.
Perdone esta libertad
mi obligación a mi amor.
    Mas esta resolución
que a tal exceso me mueve,
puesto que al honor se atreve,
no aventure la opinión.
    Dispongámoslo de modo
que mis crïados, señor,
no entiendan mi deshonor,
porque no se pierda todo.
    Oye, Marcela. La casa
con tal recato y cuidado
dispón, que ningún crïado
pueda entender lo que pasa.
MARCELA: Fïarlo puedes de mi.

Vase MARCELA

DIANA: Tú permite que un momento
prevenga en este aposento
albergue digno de ti,
    y que asegure el secreto;
porque en el estar podría
alguna crïada mía,
que de este amoroso efeto
    parlero testigo sea,
y la quiero retirar.
REY: Nunca pretende infamar
quien como noble desea.
    Mas abrevia, que es eterno

un punto sin tu presencia.
DIANA: Los instantes de tu ausencia
trueco yo a siglos de infierno.

PALANTE: Mil veces dichoso amante
quien tal bien llegó a alcanzar.
REY: Ya, ya me puedes llamar
dichoso, ya rey, Palante.

Sale MARCELA

MARCELA: La gente está como pudo
pintarla vuestro deseo;
que en las aguas del Leteo
la baña el silencio mudo.
REY: ¡Ay, Marcela amiga! Piensa
que mi agradecido pecho,
de este gusto que me has hecho
no halla justa recompensa.

Sale DIANA, con una espada desnuda

DIANA: Escúchame, rey, primero
que des un paso adelante,
si no quieres que el camino
te impida un mar de mi sangre.

*Pone la guarnición de la espada en el suelo,
y punta al pecho*

REY: ¿Que es esto? Di, ya te escucho.
DIANA: Del soberano linaje
ya de dioses, ya de reyes,
se originó el de mi padre.

De esto no hay por qué te traiga
testimonios, tú lo sabes;
que la estimación lo prueba
con que siempre le trataste.
Conmílite de tu efigie
le hiciste, precioso esmalte
de su pecho, heroica insignia
que gozan solos tus grandes.
Hoy la plata de sus canas
que te obedecen leales,
del oro de esta corona
ornara el sagrado engaste,
si diesen puerta en su pecho,
cuando eras pequeño infante,
a tiranas ambiciones
sus invencibles lealtades.
Y no sólo huyó las sienes
a las insignias reales,
mas las defendió en las tuyas
tan a costa de su sangre,
y con tal valor, que en Grecia
no hay región que no pagase
mares de púrpura humana
a sus liquidos corales.
Si de su valor te olvidas,
esos despojos de Marte,

Mira adentro

aunque mudos, lo pregonen,
y aunque enemigos, lo alaben;
dígalo este blanco acero,
que en mil batallas campales
o fue de Júpiter rayo
o fue de la muerte alfanje.
Y si estas memorias pierdes,
y quieren tus ceguedades
que sus pasadas vitorias
presentes premios no alcancen,

dígalo agora su ausencia,
pues por servirte, y por darle
paz a tu reino, y cumplir
los decretos celestiales,
partió a buscar a Licurgo,
sin que estorben su viaje
de su senectud prolija
caducas debilidades.
Y cuando a su casa ilustre
deben por hazañas tales
cercar murallas de acero,
cerrar puertas de diamante.
Ingrato tú las ofendes,
tirano tú las combates,
injusto tú las quebrantas
y engañoso tú las abres;
y barbaramente opuesto
a las leyes naturales,
debiéndole tu honor,
el suyo quieres quitarle.
¿Qué troglodita inhumano,
scita crüel, duro alarbe,
qué bruto habita los yermos,
qué fiera los montes pace,
que ingratos al beneficio,
a quien les obliga agravien,
a quien les defiende ofendan,
y a quien les da vida maten?
Si eres rey, guarda justicia;
si eres hombre, no quebrantes
de la razón imperiosa
el poderoso dictamen.
Si con amor te disculpas,
¿no fuera exceso más grave
darme la mano de esposo
que hacer injuria a mi padre?
Y si abrasado reservas
libertad para enfrenarte,
y no ser mi esposo, siendo
conformes las calidades;

también la tendrás, si quieres
ser justo, para forzarte
a no atropellar ingrato
obligaciones tan grandes.
Que yo no te adoro menos,
y aunque es la mujer más frágil,
opongo el freno de honrada
a las espuelas de amante;
y así, o revoca tu intento,
y sin que esa línea pases
que de tus injustos pies
besa las extremidades,
a tu palacio te vuelve,
o verás que al mismo instante
que para acercarte a mí
un movimiento señales,
sobre esta espada me arrojo,
y que a recebirte sale
mi vida, y que sacrifico
a mi honestidad mi sangre;
que ejemplo soy de matronas,
que doy a mi honor quilates,
a las historias mi nombre,
y a mi fama eternidades.

MARCELA: (¡Gran valor!)   **Aparte**
PALANTE: (¡Gran fortaleza!)   **Aparte**
REY: (¡Determinación notable!)   **Aparte**
          Dïana hermosa...
DIANA: No tienes
          que persuadirme. Ausentarte
          sólo ha de ser la respuesta,
          si no quieres que me mate.
REY: ¡Plugiera a los dioses santos
          que pudieran quebrantarse
          los pactos que con Atenas
          hizo la paz inviolables!
          No debes tú de ignorar
          que cuando en fuegos marciales
          Creta y Atenas ardían,
          fue condición de las paces

que con recíprocas suertes
eternamente se casen
entre sí de los dos reinos
los reyes y los infantes.
Conspirarán contra mí
mis gentes si despertase,
quebrantando estos conciertos,
nuevos incendios de Marte.
Perdiera el reino y a ti,
y tú a mí; y temores tales
la mayor gloria me quitan
que el dios de amor puede darme.
DIANA: Pues si a tu razón de estado
atiendes tú, no te espantes
de que yo atienda a la mía.
REY: Sí, pero...
DIANA: ¡Tente! No pases
adelante, o me doy muerte.
REY: Ya vuelvo atrás. No derrames
de esa caja de cristal
los animados granates.
¡Ah, enemiga de ti misma!
¿Tanto pueden tus crueldades?
¿Más que darme vida a mi,
quieres, ingrata, matarme?
¿Con tu muerte me amenazas?
¡Ah, inhumana, qué bien sabes
que de mi amor no pudiera
otro que mi amor guardarte!
Amor con amor pelea.
¿Quién vio más estrecho lance?
Uno me manda que vivas,
y otro muere por gozarte.
DIANA: El segundo es imposible
que su pretensión alcance;
y dar efeto al primero
es vencerte y obligarme.
REY: ¡Ay de mí! ¿Qué puedo hacer?
¡Perder la Ocasión!

                  Palante,
          no esperando que otra ofrezca
          el cabello, es fuerte trance.
PALANTE: Pues goza de ésta, y no temas
          que por mas que te amenace
          con su muerte, la ejecute.
REY: ¿Que arriesgue me persüades
          lo que perdido una vez,
          no es posible remediarse?
          ¿Temerlo no es desvarío,
          pues la ves resuelta, y sabes
          que a mujer determinada
          cualquier imposible es fácil?
PALANTE: Pues encomiéndalo al tiempo.
          Rey eres. No han de faltarle
          a tu poder ocasiones.
REY: Eso es forzoso.
DIANA: ¿Qué haces?
          Resuélvete ya.   Resuelve
          o el partirte o el matarme.
REY: Venciste, ingrata, venciste.
          Vive, y logra tus crueldades;
          mas no esperes otra vez
          que tus favores me engañen.
          Ya no soy tuyo, Dïana;
          ya ni me nombres ni canses
          con papeles y recados;
          que si de Amor las verdades
          se conocen en las obras,
          tu falsedad declaraste,
          pues a todo lo que dices,
          contradice lo que haces.
          Y pues náufrago mi amor
          del mar de tu engaño sale,
          le darán presto otros brazos
          dulce puerto en que descanse.
DIANA: Eso no. ¡Detente, espera;

que es eso también matarme!
REY: Porque te quiero te matas,
           ¡y te mato con mudarme!
DIANA: Como honrada te resisto,
           y te celo como amante.
REY: ¿Luego quieres que te tenga
           firme amor?
DIANA: O que me mates.
REY: ¿Sin deseo ni esperanza?
DIANA: Sólo quiero que le guardes
           decoro a mi honestidad.
REY: ¿Cómo puede amor guardarle?
           ¿Permites la causa, y niegas
           sus efetos naturales?
DIANA: Eso quiero que te deba
           la estimación de mis partes.
REY: Portentos pides.
DIANA: Amor
           es dios y milagros hace.
REY: Hacerlos quiero por ti;
           que tus honestas crueldades,
           aunque me ofenden, me obligan.
DIANA: ¡Eso sí que es obligarme!
REY: Tuyo seré eternamente,
           sin que los límites pase
           de tu honestidad mi amor.
DIANA: En mí verás un diamante.
REY: Guárdente, mi bien, los dioses.

Vase el REY

DIANA: Los dioses, mi bien, te guarden.

Vase DIANA

PALANTE: ¡Válgate Dios por mujer,
           tan honrada como amante!

Vase PALANTE

MARCELA: ¡Válgate Dios por galán,
    tan firme como cobarde!

    Vase MARCELA

FIN DEL ACTO PRIMERO

ACTO SEGUNDO

Salen el REY y PALANTE

PALANTE: Ya para ver a Dïana,
        con su portero Crineo
        he dispuesto tu deseo.
REY: No hay ya resistencia humana
        contra tanto amor, Palante.
PALANTE: Pues mucho aventurar.
REY: Más quiere, amigo, alcanzar
        que vivir un ciego amante,
         y si con ella me veo,
        yo lo trazaré, de suerte
        que amenazas de su muerte
        no me impidan mi deseo.

Sale SEVERO

SEVERO: Ya, poderoso señor,
        los testigos que he buscado
        de Esparta, han certificado
        ser Licurgo el labrador,
         y él viene ya convencido
        a tu presencia real.
REY: Severo, a servicio igual
        siempre os seré agradecido.
         A recebirle conmigo
        salid todos.
SEVERO: ¿Tanto honor
        quieres hacerle, señor?
REY: Por muchas veces me obligo
         a igualarle a mi persona.
        Sangre real como yo
        tiene; en Esparta gozó,

si yo en Creta, la corona;
   y aunque un hombre humilde fuera,
por sí mismo lo merece;
porque de razón carece
quien a un sabio no venera.

Sale LICURGO, de galán, y DANTEO, de
galán también

LICURGO: Vuestra majestad me dé,
        señor, su mano real.
REY: Como amigo y como igual,
        gran Licurgo, os la daré.
           Tomad asiento.
LICURGO: Yo os pido
        que advirtáis que es exceder
        honrarme tanto, si a ser
        vasallo vuestro he venido.
REY: En vos, Licurgo, hasta aquí
        miro un huésped, cuya mano
        poseyó el cetro espartano.
        Con razón os trato así.
           Cuando merezca la mía
        que a besarla os humilléis
        por vasallo, lo seréis,
        y mudaré cortesia,
           aunque no la estimación.

Asiéntanse

LICURGO: En tan verde adolecencia
        vuestra madura prudencia
        excede a la admiración.
REY: Ya os habrá dicho Severo
        la ocasión que me ha obligado
        a buscaros.
LICURGO: Informado
        de todo estoy.

REY: Pues yo espero
    que advirtiendo que es de Apolo
voluntad, la cumpliréis,
y en vuestros hombros tendréis
el gobierno de este polo,
    suponiendo que los dos
seremos una persona.
En mí ha de estar la corona,
pero mi poder en vos.
    Conmigo habéis de asistir,
leyes habéis de poner.
Yo la pluma he de mover,
vos la mano al escribir.
    Así cumpliré el decreto
de Apolo, y mi reino en mí
tendrá un rey justo; y así
erraré como discreto,
    pues es forzoso afirmar
que es acto menos errado
errar siendo aconsejado,
que no siéndolo acertar.
LICURGO: Señor, aunque obedeceros
es fuerza, ya por el dios
que lo ordena, ya por vos,
que sois rey, el proponeros
    es forzoso las urgentes
dificultades que veo
opuestas a ese deseo,
con graves inconvenientes
que resultan.
REY: Ya tardáis
en proponerlas. Decid;
que saberlas quiero.
LICURGO: Oíd,
pues que licencia me dais.

    Después que la Parca airada
quitó en sus lustros primeros
a Polidectes, mi padre,
de la fuerte mano el cetro

de la que hoy se llama Esparta,
Lacedemonia otro tiempo,
reino que en sus territorios
incluye el Peloponeso,
mi hermano mayor Eunomo
sucedió, como en el reino,
en la desdicha también
de perderle en años tiernos.
Yo, ignorando que en su esposa
dejase oculto heredero,
de su corona real
preste el oro a mis cabellos;
mas dentro de pocos meses
el postumo infante el cielo
al mundo dio, y yo leal
a su cabeza el imperio.
Fui legítimo tutor
del rey mi sobrino, haciendo
leyes, destruyendo abusos,
dando castigos y premios;
mas como el ardiente potro
huye el no gustado freno,
o como sacude el yugo
el no domado becerro,
los vasallos, que tenían
antes más libres los cuellos,
comenzaron a sentir
de la rectitud el peso;
pero yo, que prevenido
y cauto, conocí en ellos
impulsos de conspirar
y privarme del gobierno,
con ánimo de poder
derogar mis justos fueros,
volviendo a su libertad,
pedí a un engaño el remedio;
y fingiendo que en un caso
de grande importancia al reino,
iba a Pitia a consultar
el oráculo de Febo,

les pedi que me jurasen
guardar mis justos decretos
hasta que al suelo de Esparta
volviese del sacro templo;
que entonces les prometía
hacer estatutos nuevos,
y moderar a su gusto
los rigurosos derechos.
Ellos, que la brevedad
consideraron del tiempo
y del caso a que partía,
juzgaron grande el provecho,
fácilmente persuadidos,
lo juraron, y con esto
me partí; y llegando a Pitia,
consultado el dios de Delos,
me respondió que eran justas
mis leyes, y sólo el tiempo
que durasen duraría
la tranquilidad del reino.
Yo, atento al bien de mi patria,
porque no salga, volviendo,
de la obligación precisa
que le puso el juramento,
determiné no volver
a verla jamás, haciendo
con mi eterna ausencia
en ella mis estatutos eternos.
Esto me obligó a mudar
el nombre, el traje y el suelo,
y habitar en una aldea,
para vivir más secreto.
Éstos, señor, son mis casos.
Ya habréis entendido de ellos
cuán graves inconvenientes
resultan de obedeceros.
Cuidadosos los de Esparta
me buscan, ya con intento
de vengarse del engaño
que los tiene tan opresos,

ya con ansia de cumplir
el solícito deseo
de derogar mis sanciones
sin romper su juramento.
Si en Creta os sirvo, es forzoso
que en acelerado vuelo
las nuevas lleve la fama
a los espartanos pueblos.
Sabiéndolo, han de pediros
que me entreguéis, y el hacerlo
en vos fuera gran bajeza,
y gran destruición en ellos.
No hacerlo ha de desnudar
la espada a Marte sangriento,
porque han de intentar las armas
lo que no alcancen los ruegos.
Y así, de lo que intentáis
para la paz de este imperio
ha de resultar la guerra
del espartano y el vuestro.
Fuera de esto, si mi patria
lleva tan mal mis decretos,
¿cómo sufrirá la vuestra
las leyes de un extranjero?
Porque los vasallos quieren
rey activo, no supuesto,
y siempre les es odioso
legislador forastero.
Y si los inconvenientes
que mi lengua os ha propuesto
son tan graves, los que faltan
no me atemorizan menos;
que es bien que sepáis,
señor, si los futuros sucesos
alcanza por las estrellas
el humano entendimiento,
que pronostican las mías
que he de verme en tanto aprieto
con un rey, que yo a las suyas,
él quede a mis manos muerto.

En esto mismo conforman
mil astrólogos que han hecho
recto examen de su influjo
en mi triste nacimiento;
que esto me obligó también
a que en el campo desierto,
de las cortes habitase
y de los reyes tan lejos.
Ved, pues, si será cordura
ponernos, señor, a riesgo
de que en los dos ejecuten
esta amenaza los cielos.
Ved cuantas dificultades
contradicen vuestro intento.
Temedlas, pues sois humano,
y evitadlas, pues sois cuerdo;
que puesto que vos sois rey,
y yo el que ha de obedeceros,
a mí toca el dar avisos,
y a vos el dar mandamientos;
a mí proponer los daños,
a vos poner los remedios;
a mí toca el advertiros,
y a vos toca el resolveros.

REY: Honor de Lacedemonia,
los inconvenientes veo
que proponéis; mas a todos
opongo el heroico pecho.
Si los de Esparta intentaren
cobraros, yo defenderos;
que contra sus fuertes armas
valor y soldados tengo.
Ni temo que por la paz
que alcanzar por vos pretendo,
como decís, me amenace
la guerra de entrambos reinos;
que Febo lo ordena, y sabe
lo que importa; y por lo menos
es cierto este bien presente,
y ese mal futuro, incierto.

Que mis vasallos rehusen
de un hombre extraño el gobierno
no importa, pues es mi mano
la que ha de tener el freno.
Los astrólogos jüicios
ni los estimo ni temo;
que siempre he juzgado yo
ilusorios sus agüeros.
Y cuando la ciencia alcance
alguna evidencia en ellos,
a la razón justamente
doy más poderoso imperio;
que ni vuestra virtud puede
mover contra vos mi acero,
ni contra mí en vuestra sangre
caber traidor pensamiento.
Y cuando vuestras estrellas
os inclinasen a efetos
tan injustos, vos sois sabio,
y el que ha merecido serlo
es dueño de las estrellas;
y así con razon resuelvo
que sus más fuertes influjos
os están a vos sujetos.
Y en resolución, Apolo,
cuya ciencia, cuyo cetro,
preconociendo, gobierna
lo presente y venidero,
así la paz me promete.
Yo le obedezco, y le dejo,
pues él gobierna las causas,
a su cuenta los efetos.

LICURGO: Escuchándoos he quedado
con justa causa suspenso
de que a mí me elija Apolo
para que a vos dé consejos;
que según prudente os miro,
que os eligiera os prometo,
si trocáramos estados,
para gobernar mi reino;

y aunque a daños más enormes
me arriesgara, ya los trueco
gústosamente a la dicha
de servir a un rey tan cuerdo.

Levántase

Dadme la mano, pondréla
en mis labios, porque en ellos
la señal dichosa imprima
de leal vasallo vuestro.

Arrodillase

REY: Yo os la doy, a mi fortuna
tan obligado, que pienso
que tomo agora con ella
posesión del mundo entero.
LICURCO: Yo os juro por cuantos dioses
desde el Impíreo al Averno

***Bésale la mano y levántase, y queda
en pie y descubierto***

rigen, de seros vasallo
leal, firme y verdadero.
REY: Agora de la Fortuna
un clavo a la rueda he puesto.
Agora a Creta le he dado
firme paz y nombre eterno.
Gobernador general
os hago, y en vos delego
toda la soberanía
que yo en mis vasallos tengo.
Derogad costumbres, usos,
ordenanzas y decretos;
juzgad causas, haced leyes,

dad castigos y dad premios;
y para daros en Creta
la mayor honra que puedo,
conmílite de mi efigie
quiero, gran Licurgo, haceros.

A PALANTE

Dadme una medalla.

Vase PALANTE

LICURGO: Honráis,
como quien sois, a los vuestros.

Vuelve PALANTE con una salvílla y en ella una medalla como la
del REY y SEVERO, con su colonia; tómala el REY y arrodíllase
LICURGO

REY: Con tal varón la milicia
de Creta ilustrar pretendo.
Tres calidades publica
esta señal en el pecho:
sangre que goce de reyes
el heroico parentesco;
puro honor, cuyo cristal
no haya enturbiado el aliento;
y servicios que hayan sido
en utilidad del reino.
Ésta da jurisdición,
da autoridad y respeto,
y da superioridad
en los nobles y plebeyos.
Mas advertid que es preciso
estatuto, que en sabiendo
de los méritos, la sangre
o el honor de algún defeto,

43/93

o en incurriendo en infamia,
o en caso de valer menos,
con escarmiento afrentoso
os la han de quitar del pecho.
Esto supuesto, la efigie
recebid.
LICURGO: Señor, teneos;
que segun los institutos
que referís, no merezco
la insignia, pues hasta agora
ningún servicio os he hecho;
y no es bien, si a administrar
vengo justicia, que el premio
no merecido alcanzando,
la quebrante yo el primero.
REY: Haber querido servirme
es hazaña que agradezco
más que si por vos ganara
con una vitoria un reino.
LICURGO: Sólo os he dado hasta aquí
un vasallo en mí, y ya de ello,
con el rey que en vos me dais,
premiado estoy con exceso.
La estimación que de mí
hacéis vos, no es para el pueblo
satisfación, ni por ella
prueba mis merecimientos;
que habrán en Creta mil nobles
dado a marciales aceros
propria y enemiga sangre,
sin alcanzar este premio;
y no es bien, cuando intentamos
ganar el común afecto,
que yo por vos cause invidias,
y vos por mi sentimientos. Y
así es fuerza suplicaros
que suspendáis este intento
hasta que yo justifique
a su ejecución los medios.
REY: Mi voluntad, como en todo,

también os resigno en esto;

Deja la medalla

que pues por sabio os conozco,
son leyes vuestros consejos.
LICURGO: (Hasta que la mano corte   **Aparte**
que dejó en mi rostro impreso
mi agravio, no ha de adornar
tan alta insignia mi pecho.)
REY: Empezad pues a ejercer

Dale una sortija

la potestad que os cometo.
Éste es mi sello real;
por él han de obedeceros.
Cuatro cosas de mi parte
os encargo: lo primero,
que de darme desengaños
no os acobarde el respeto;
lo segundo, que no tengan
exencion ni privilegio
para vivir libremente
mis crïados ni mis deudos;
lo tercero, que a mujeres
en sus flaquezas y yerros,
y más si fueren casadas,
miréis con piadoso pecho;
lo cuarto, que a los ministros
de justicia tan severo
castiguéis, que den al mundo
universal escarmiento;
porque de todos estados
públicos suplicios veo,
y de éste jamás lo he visto,
y persuadirme no puedo
que de ello la causa sea

            ser todos justos y rectos;
            mas que, o ya en los superiores
            engendra el tratar con ellos
            amistad, y disimulan
            con la afición sus excesos,
            o ellos también son injustos,
            y con recíprocos miedos,
            porque callen sus delitos,
            no castigan los ajenos.
LICURGO: Lo que me encargáis, señor,
            cumpliré.
REY: Empezad con esto
            a mandar; que vos sois rey,
            y yo fui privado vuestro.

Vanse el REY, PALANTE y SEVERO

TELAMÓN: En fin, ¿no eres ya Lacón,
            sino Licurgo?
LICURGO: Yo soy
            ya Licurgo, y tú desde hoy
            vuelves a ser Telamón.
TELAMÓN: ¿Puédote dar parabién

            de tan súbita privanza?
LICURGO: ¡Ay de mi! Que esta mudanza,
            amigo, no es para bien.
TELAMÓN: ¿Aun amas la soledad?
LICURGO: Mayor pena me importuna;
            y pues en cualquier fortuna
            me fue firme tu amistad,
             no es exceso que te cuente,
            Telamón, mis nuevos males;
            que si bien pasiones tales
            debe encubrir el prudente,
             si ellas me vencen, verás
            que las tuve en su vitoria;
            si las venzo, de la gloria
            de ello testigo serás.

¿Conoces este retrato?

Muéstrale uno

TELAMON: Éste es el mismo, señor,
que llevaba tu ofensor.
LICURGO: Pues por éste llamo ingrato
al tiempo; éste es de mi mal
la nueva ocasión crüel.
TELAMÓN: ¿Cómo?
LICURGO: ¿Conoces por él
su divino original?
TELAMÓN: Paréceme...
LICURGO: ¿Cómo dudas
en conocer que es Dïana
la que da luz soberana
y lengua a estas sombras mudas?
TELAMÓN: Digo, señor, que es así;
mas vive tan retirada,
tan secreta y recatada,
que sola una vez la vi,
aunque te hospeda en su casa.
LICURGO: Ella, pues, es la ocasión
que con nueva confusión
ya me hiela y ya me abrasa.
TELAMON: ¿Qué me dices? Que a tu labio
niega crédito el oído.
¿Tú enamorado?
LICURGO: Perdido.
TELAMÓN: Pues, ¿de qué sirve ser sabio,
si no vence tu cordura
esa pasión que te ciega?
LICURGO: ¡Ay, Telamón! Cuando llega
la pasión a ser locura,
pierde su imperio el saber;
que falta al entendimiento
la razón, y no esta exento
el sabio de enloquecer.
Mira cuál es la mudanza

de mi estado, que mi honor
oprime de mi ofensor
la no alcanzada venganza;
    y no contentos los cielos
de que me aflija mi injuria,
a mi corazón la furia
añade de amor y celos.
    De la que adoro el retrato
llevaba el que me ha ofendido,
señal de que no le ha sido
el original ingrato.
    ¡Juzga, pues, cuál estará
un noble pecho agraviado,
celoso y enamorado!
¡Qué bien a Creta dará
    leyes justas quien sujeto
vive a tan fuertes pasiones!
TELAMÓN: Sí; mas tales ocasiones
son el toque de un discreto.
    Y advierte que yo imagino
que esto que así te entristece,
es en lo que favorece
más tu intención el destino,
    pues con esto te mostró
senda conocida y llana
para saber de Dïana
quién es el que te ofendió.
LICURGO: Si; mas ese medio, piensa
que puede dañarme a mí,
pues Dïana podrá así
venir a saber mi ofensa;
    y no será acuerdo sabio
intentarlo, porque quiero
que se publique primero
la venganza que el agravio;
    demas de que será error
mis deseos declarar
hasta saber qué lugar
goza en ella mi ofensor.
    Pero ya mi pensamiento

halló un remedio.
TELAMÓN: ¿Qué cosa
          puede haber dificultosa
          a tu claro entendimiento?
LICURGO: La venganza que deseo
          alcanzaré, y de Dïana
          la belleza soberana
          será de mi amor trofeo.
             Si por tales casos voy
          precipitado a la muerte,
          yo no voy, no; que mi suerte
          es de quien forzado soy.
             Y si de ella violentados
          mis pies, dan erradas huellas
          vencer puede las estrellas
          el sabio, mas no los hados.

Vanse los dos. Salen SEVERO, con una carta, DIANA
y MARCELA

SEVERO: Tu hermano me escribe aqui
          que el retrato que llevó
          tuyo, Dïana, perdió
          en el camino; y así
             para que pueda tratar
          tu casamiento, es forzoso
          que de tu trasunto hermoso
          el pincel se vuelva a honrar.
DIANA: Manda avisar al pintor.
SEVERO: Ruego a los dioses que de él
          haga el oficio el pincel,
          más que de Apeles, de amor.

Vase SEVERO
DIANA: Y yo que me pinte fea,
          pues por otro amante muero,
          y será el pintor primero
          que agraviando lisonjea.
             ¿Qué dices, Marcela mía,

49/93

              de mi desdicha?
MARCELA: ¡Ay de mí!
DIANA: ¿No respondes, prima? Di,
            ¿qué fiera melancolía
              te aflige? ¿A mí la pasión
            me ocultas que te lastima?
            ¿De cuándo aca no es tu prima
            dueño de tu corazón?
MARCELA: ¡Ay, Dïana! Que ya es tal
            el incendio que hay en mí,
            que al mundo, no sólo a ti,
            será notorio mi mal.
                ¡Nunca hubiera la invención
            de tu padre hallado medio
            de traer en el remedio
            de Creta mi perdición!
                Este Licurgo prudente,
            éste, cuyo nombre y fama
            hallo ya con lenta llama
            dispuesto mi pecho ardiente,
                tan del todo me ha rendido
            con la vista, que me veo
            sin fuerza contra el deseo,
            sin valor para el olvido.
DIANA: No te aflijas. Rostro hermoso,
            talle, calidad y honor
            tienes; con que él de tu amor
            se tendrá por venturoso.
MARCELA: Si la suerte es importuna,
            no sirve para alcanzar,
            merecer; que en un altar
            están Amor y Fortuna.
                Si hubiera yo visto en él
            un indicio de esperanza,
            no quisiera más bonanza
            en tempestad tan crüel.
                Mas es sin fruto poner
            mis méritos a sus ojos;
            que o no entiende mis enojos,
            o no los quiere entender.

DIANA: Declárale tus pasiones.
MARCELA: No he de incurrir en tal mengua;
        que a lo que dice tu lengua
        contradicen tus acciones.
            Yo te he visto enamorada
        tan recatada, que fuera,
        aunque por mí no lo hiciera,
        por ti sola recatada.
            Callando el mal que padezco,
        me pienso, prima, vencer,
        contenta sólo con ver
        lo que alcanzar no merezco.
            Y asi aumenta mis enojos
        saber que se ha de mudar
        hoy a palacio, y privar
        de su presencia mis ojos.
            Mas él viene.
DIANA: Si tú quieres,
        yo le diré tu dolor.
MARCELA: Tú sabes bien del amor
        el imperio en las mujeres;
            yo te he declarado ya
        mis amorosas fatigas;
        no pido que se las digas,
        pero no me pesará.

Vase MARCELA. Sale LICURGO

LICURGO: De vuestro padre, Diana,
        supe que mandáis llamar
        un pintor para ilustrar
        con vuestra luz soberana
        sus sombras; y como gana
        tanto en ello la color,
        pincel y mano, el pintor,
        indignamente dichoso,
        ha hallado en mí un envidioso,
        de tal bien competidor.
            Y así, traigo permisión

de Severo para ser
yo quien merezca ofender
esa rara perfeción;
que si en vuestra formación
excedió Naturaleza
su poder y su destreza,
ni ella misma se igualara
cuando a la vuestra intentara
igualar otra belleza.

MARCELA: (¡No fuera yo tan dichosa,   **Aparte**
que esto me dijera a mí!
¡Apenas amante fui,
cuando empiezo a estar celosa!)
DIANA: Ya me tengo por hermosa,
pues retratarme queréis.
Mas decidme, ¿vos sabéis
el arte de la pintura?
LICURGO: Pronosticó mi ventura
este suceso que veis;
   y como costumbre ha sido
de las personas reales
en ejercicios iguales
gastar el tiempo perdido;
yo, que de Esparta he nacido
infante, al pincel le di
las horas que no perdí,
pues si en ello consumiera
un siglo, aun no mereciera
el rato que logro aquí;
   y así, señora, he enviado
por pinceles y colores.
DIANA: Cuando las cosas mayores
del reino os han encargado,
¿perderéis tiempo ocupado
en esta facción liviana?
LICURGO: Ni siempre ha de estar, Dïana,

tirante al arco la cuerda,
ni hay tiempo que no se pierda,
sino el que con vos se gana.
MARCELA: (¿Hay tormentos más crueles?) **Aparte**

Sale TELAMÓN, con recado de pintar

TELAMÓN: Como mandaste, señor,
he traído de un pintor
los colores y pinceles.
LICURGO: Si de Timantes y Apeles,
Protógenes y Aceseo
los trujeras, aquí creo
que no osaran linear,
porque aun no puede igualar
a la verdad el deseo.

Hablan aparte TELAMÓN y LICURGO

TELAMÓN: Ya te has puesto en la estacada.
¿Qué intentas? ¿Cómo saldrás
de ello airoso, si jamás
has dado una pincelada?
LICURGO: La invención tengo pensada.
Hoy pretendo averiguar
quién me ofendió, y quien llevar
su retrato mereció;
y pues que le tengo yo,
con él la pienso engañar.

A DIANA

Tomad asiento, Dïana,
y un rato prestad paciencia,
y a la vista la licencia
que por el oficio gana;

    y pues de tan soberana
    hermosura al resplandor
    me atrevo, diré mejor,
    si en vos miro un sol divino
    que de águila me examino
    mucho más que de pintor.
DIANA: Ya, Licurgo, poco fiel
    mi retrato considero,
    si ha de ser tan lisonjero
    como la lengua el pincel.
LICURGO: Antes yo, cuando con él
    emprendo tan gran locura,

Asiéntanse

    porque de beldad tan pura
    mejor dibuje los rayos,
    doy primero estos ensayos
    con la voz a la pintura.
DIANA: Comience, pues, la destreza
    del pincel a bosquejar;
    que yo os lo quiero pagar,
    pintándoos otra belleza,
    a quien la naturaleza
    con perfeción celestial
    ha dado desdicha tal,
    que amante vuestra, procura
    que en vos haga mi pintura
    lo que no su original.

Hace LICURGO que la retrata

LICURGO: (Ésta es sin duda Marcela,   **Aparte**
    en cuyos ojos he visto
    sentimientos que resisto.)
    No la pintéis; que recela
    mi mano, cuando os pincela,
    ofender vuestra hermosura;

que si de ajena figura
atiendo a la relación,
dará la imaginación
colores a la pintura.
MARCELA: (¿Aun este medio el Amor   **Aparte**
no me concede? ¡Ay de mí!
Quitarme quiero de aquí
por no ver más mi dolor.

Vase MARCELA

DIANA: (Cerró esta puerta el rigor;   **Aparte**
ventura, tiempo y lugar
puede Marcela aguardar;
que es oficio el ser tercero
de discretos, y no quiero
ser necia yo en porfiar.)
      ¿Qué es esto? ¿En qué os suspendéis?
LICURGO: Pesaroso y ofendido
de no haberos advertido
lo que más estimaréis.
Aunque mujer, bien sabréis
que a las estrellas sujetos,
les resultan los efetos
a las humanas acciones
según las disposiciones
de sus mudables aspetos.
      Y así, por mas agradaros
yo, que sé sus movimientos,
saber quisiera qué intentos
os mueven a retrataros;
que puedo al dibujo daros
en tal signo y hora tal,
que obligue a quereros mal
sólo el verlo; y en tal punto,
que quien mirare el trasunto
adore el original.
TELAMÓN: (A averiguar su intención   **Aparte**
cuerdamente la ha guïado.)

DIANA: Si pudiera mi cuidado
              declararos...
TELAMÓN: (Telamón   **Aparte**
              estorba en esta ocasión:
              solos los quiero dejar.

Vase TELAMÓN

LICURGO: Bien os podéis declarar.
              Solos estamos; y aquí
              es hacerme ofensa a mí,
              y daño a vos, el callar.
DIANA: Siendo quien sois, mi intención,
              Licurgo, fïar os puedo,
              demás que me quita el miedo
              ser tan fundado en razón.
              De mi padre es pretensión
              darme un esposo extranjero
              que no conozco; y yo muero,
              viendo que fuerza ha de ser
              a quien no he visto querer,
              y entregarme a quien no quiero.
                Mi hermano Teón partió
              a efetüar el contrato
              que aborrezco, y mi retrato
              para este intento llevó.
              Escribe que le perdió
              en el camino, y envía
              por otro, y así, querría
              que en él pongáis fuerza tal,
              que a no amar su original
              obligue la imagen mía.
LICURGO: (¿Que su hermano fue el autor   **Aparte**
              de mi afrenta? ¡Santos cielos!
              ¿Cuando escape de mis celos
              doy en desdicha mayor?
              ¿Que es hermano mi ofensor
              de mi querida Dïana?
              ¿Hay suerte más inhumana?

Mas ya es fuerza, corazón.
Yo he de matar a Teón,
y he de gozar a su hermana.)
    ¿Es Teón un joven fuerte,
airoso y robusto?
DIANA: Sí.
LICURGO: En el camino le vi.
    (¡Ah, dioses! Cierta es mi muerte. **Aparte**
Cese el retrato). La suerte

Levántanse

por las estrellas, primero
que le dé colores, quiero
consultar; que he perder
yo la vida, o no ha de ser
vuestro esposo el extranjero.
DIANA: El bosquejo me enseñad.
LICURGO: No será intento discreto,
    pues aun después de perfeto,
    ofenderá esa beldad;
    antes, pues a la verdad
    no ha de igualar, fuera acción
    más cuerda que a imitación
    de Timantes, mi pincel
    le pusiera el velo que él
    al rostro de Agamenón.
    A solas retocaré
    el dibujo, y no os espante;
    que en viendoos, al mismo instante
    en el alma os retraté,
    y trasuntaros podré,
    después que una vez os vi,
    mejor que de vos, de mí;
    que a vos puede el tiempo ingrato
    midaros, y no al retrato
    que en mi memoria imprimí.
DIANA: ¡Qué bien sabe vuestro labio
    hacer lisonja! Si todo

lo sabéis del mismo modo,
justamente os llaman sabio.
LICURGO: Advertid que hacéis agravio
con eso a vuestra beldad.
DIANA: Adiós, Licurgo, y mirad
que espero alegre y segura
que ha de ser vuestra pintura
medio de mi libertad.
LICURGO: Yo lo haré, como al que hacello
la vida importa.
DIANA: ¿La vida?
LICURGO: Juzgarla podéis perdida,
si yo no salgo con ello.
DIANA: Pues error será emprendello.
LICURGO: El desistir no es valor.
DIANA: Perderos será peor.
LICURGO: Por ganaros lo pretendo.
DIANA: Basta; que vais excediendo
los límites de pintor.

FIN DEL ACTO SEGUNDO

ACTO TERCERO

Salen SEVERO y MARCELA

SEVERO: Declárate.
MARCELA: (Pues no alcanza   **Aparte**
    remedio al mal que padece
    mi amor, la venganza empiece
    donde acaba la esperanza.)
     Digo que mires, señor,
    con cuidado por Dïana.
SEVERO: ¡Ah, dioses! ¿Pues es liviana?
MARCELA: Licurgo le tiene amor.
     Mira, pues, si es de temer
    que un hombre que tanto sabe,
    aunque de honesta se alabe,
    la llegue al fin a vencer.
SEVERO: ¿Sábeslo bien?
MARCELA: Lo que digo
    he visto, no imaginado.
SEVERO: A agradecerte el cuidado
    que mi honor te da, me obligo;
     mas con recato, Marcela,
    me avisa de todo.
MARCELA: Fía
    que tu causa, como mía,
    justamente me desvela.
     (O vengada me he de ver,
    Licurgo, o perder la vida;
    que es una tigre ofendida,
    despreciada la mujer.)

Vase MARCELA

SEVERO: ¿Que medio más acertado,

si el rey me obliga a vivir
celoso, para eximir
mi pecho de este cuidado,
   que al espartano valor
darle a Dïana? Él pondrá
al rey freno, y correrá
por cuenta suya su honor.
   Diréle mi pensamiento,
sin darme por entendido
de que su amor he sabido,
hasta descubrir su intento.

Sale un ESCUDERO

ESCUDERO: Licurgo viene, señor,
   a visitarte.

Vase el ESCUDERO

SEVERO: Ya veo
   efetos de su deseo.

Sale LICURGO

   ¡Oh, gran Licurgo! Mi amor
   queréis sin duda pagar,
pues a tan graves cuidados
como os están encargados,
el tiempo hurtáis, para honrar
   esta casa.
LICURGO: Graves son;
mas ninguno puede ser
más importante que hacer
lo que es tanta obligación.
SEVERO: Cuando llegastes partía
yo a lo mismo.
LICURGO: Haber llegado

a tiempo que ese cuidado
os excuse, es dicha mía.
SEVERO: ¿Qué hay de Esparta?
LICURGO: Lo que ya
de mí estaba prevenido.
Al rey de Creta ha pedido
mi persona.
SEVERO: Claro está
que el rey no ha de concederlo.
LICURGO: Cortésmente respondió,
y en mil razones fundó
el excusarse de hacerlo.
   Pero decidme, Severo,
si os obligaba a buscarme
tener algo que mandarme.
SEVERO: Trataros, Licurgo, quiero
un negocio que a los dos
por dicha será importante.
LICURGO: Para importarme, es bastante
sólo importaros a vos.
SEVERO: Supuesto, pues, que sabéis
mi estado y mi calidad,
y que la honesta beldad
de Dïana visto habéis,
   tengo, Licurgo, por llano
que nada nos puede estar
mejor a los dos que honrar
la suya con vuestra mano.
   A mí, por el gran aumento
que en ello a mi casa dais,
y a vos, porque aseguráis
vuestro principal intento
   de que no pueda cobraros
jamás Esparta, supuesto
que a Creta ponéis con esto
precisa ley de ampararos;
   que os tendrá, el que es principal,
como a deudo, obligación,
y los que plebeyos son,
amor como a natural;

            y de otra suerte no espero,
        si Esparta nos hace guerra,
        que sacrifique esta tierra
        sus vidas a un extranjero.
LICURGO: De vuestros merecimientos
        y de mis obligaciones
        ofensas son las razones
        y agravios los argumentos.
            ¿Qué causa más poderosa,
        qué efeto más soberano,
        que gozar la blanca mano
        de vuestra Dïana hermosa?
            Dejad que el suelo que toca
        vuestra heroica planta bese,
        para que en él os confiese
        el bien que gano, mi boca
SEVERO: ¡Tened, Licurgo! No hagáis
        tal extremo.
LICURGO: Estoy tan loco,
        que daros el alma es poco
        por la mano que me dais.
SEVERO: Nuestro contento es igual;
        pero con tal ha de ser,
        que en el pecho os he
        de ver antes la efigie real
            que de Dïana gocéis;
        porque el no haberla aceptado,
        a sospechar ha obligado
        que en el honor padecéis
            algún defeto; y no quiero
        que a mis deudos ofendamos
        con lo mismo que intentamos
        para obligarlos.
LICURGO: Severo,
            Eso es justo. (¿Qué he de hacer?   **Aparte**
        ¡Oh, fuerte contradición!
        Si antes doy muerte a Teón,
        a su hermana he de perder;
            pues si recibir intenta
        mi pecho antes de vengarme

la efigie, será arriesgarme
a que, sabida mi afrenta
   antes que tenga ocasión
mi venganza, de ese modo
la pierda, y lo pierda todo.
¿Quién vio mayor confusión?
   Mas un remedio me ofrece
el Amor.)
SEVERO: ¿Qué os suspendéis?
Decidme, ¿qué resolvéis?
LICURGO: La gloria que no merece,
   teme perder mi cuidado;
y así, porque aseguremos
los dos lo que pretendemos,
un medio justo he pensado,
   y es que la mano me dé
luego mi Diana hermosa;
mas la posesión dichosa
no alcance yo hasta que esté
   en mi pecho la real
insignia.
SEVERO: Así me aseguro.
Esponsales de futuro
y pacto condicional
   han de ser.
LICURGO: Así se alcanza
todo, pues ni mi afición
sin cumplir la condición
puede lograr su esperanza,
   ni cumpliéndola perdella.
SEVERO: Pues hablar quiero a Diana;
que aunque tanto en ello gana,
es bien tratarlo con ella.
LICURGO: Y yo, porque en mi favor
la sentencia consigáis,
voy a hacer, mientras la hablais,
sacrificio al dios de amor.

Vase. Sale DIANA

DIANA: (Mal sosiega un agraviado.   **Aparte**
                  Prometió no amarla el rey,
                  mas la palabra no es ley
                  en un firme enamorado.
                     Si lo es, él prometió
                  antes no olvidarme a mí;
                  pues, ¿como él, mudable así,
                  quebranta la que me dio?)
SEVERO: Hija...
DIANA: Señor...
SEVERO: Pues te veo
                  siempre a mi tan obediente,
                  sin que prólogos intente
                  has de saber mi deseo.
                     Dueño ha de ser de tu mano
                  Licurgo, pues no llegó
                  a efeto lo que trató
                  en Licia Teón, tu hermano.
DIANA: ¿Que dices?
SEVERO: Que yo le he dado
                  el sí de tu casamiento,
                  obligado de tu aumento,
                  y en tu obediencia fiado.
DIANA: (¡Ay de mí!)   **Aparte**
SEVERO: Pues, ¿no te agrada?
DIANA: (Pero si el rey me desprecia,   **Aparte**
                  ya soy de constante necia,
                  y necia de porfiada;
                     que si mi mal inhumano
                  remedio no ha de alcanzar,
                  resuelto ya el rey a dar
                  a la de Atenas la mano;
                     pues sin esperanza peno,
                  ¿qué agravio de su mudanza
                  me dará mayor venganza
                  que verme en poder ajeno?)
SEVERO: ¿Qué dices?
DIANA: Pues es forzoso
                  que te saque de ese empeño,

Licurgo será mi dueño.
SEVERO: No hay padre mas venturoso.
    Al punto voy a pedir
    licencia al rey.

DIANA: Si la da,
    mudado del todo está,
    y no tengo que sentir,
     y al menos hará a su olvido
    un recuerdo así mi amor;
    que no hay más despertador
    que celos, de amor dormido.

Sale MARCELA

MARCELA: (El recelo me desvela,   **Aparte**
    y me atormenta el cuidado.)
    Prima mía, ¿qué has tratado
    con tu padre?
DIANA: ¡Ay, mi Marcela!
    Mi muerte y la tuya ha sido.
    A Licurgo me mandó
    dar la mano.
MARCELA: ¡Triste yo!
    ¿Qué dices?
DIANA: Que no he podido
    excusarle. La mudanza
    del rey me pudo obligar;
    que ya, ¿qué puede esperar
    quien perdió tal esperanza?

Vase DIANA

MARCELA: ¡Ay de mí! Donde busqué
    el remedio, le perdí;

mas del ingrato y de ti,
si puedo, me vengaré.

Vase MARCELA. Salen el REY y PALANTE

PALANTE: La pena que te fatiga
         has remediado con dar
         licencia para casar
         con Licurgo a tu enemiga.
            Cobra esperanza; que puesto
         que, abrasada en tu afición,
         te niega la posesión
         sólo por su estado honesto,
            casada tendrá, señor,
         libertad más atrevida
         para arrojarse, vencida
         de tu firmeza y su amor.
REY: Es verdad; mas ofender
         a Licurgo también siento.
PALANTE: El remediar un tormento
         que te da muerte, ha de ser
            lo primero en ti, señor.
REY: La resistencia que he hecho
         sabes tú; mas es mi pecho
         humano, y es dios Amor.
            Mas él viene.

Sale LICURGO

LICURGO: Vuestra Alteza
         me dé los pies.
REY: Levantad,
         Licurgo amigo, y gozad
         por mil siglos la belleza
            de Dïana.
LICURGO: Para ser
         vasallo más natural
         de esta corona real,

le doy la mano.
REY: El poder
                de Creta habéis aumentado.
                ¿Cuándo se hará el casamiento?
LICURGO: Severo partió al momento
                a su quinta, con cuidado
                de disponer lo que importe;
                que allí se han de efetüar
                las bodas, por evitar
                la ostentación de la corte.
REY: Es prevención importante.
                ¿Tenéis qué comunicar?
LICURGO: A solas os quiero hablar.
REY: Déjanos solos, Palante.

Vase PALANTE

LICURGO: De las leyes que he pensado
                que al buen gobierno convienen
                de este reino, algunas vienen,
                señor, en este traslado.
REY: ¿Queréis luego publicarlas?
LICURGO: Consultar las voluntades
                del pueblo en las novedades
                es el modo de acertarlas;
                porque el vulgo interesado,
                que tiene el caso presente,
                descubre el inconveniente
                que el superior no ha alcanzado;
                y el que emprende novedad
                de importancia, antes de hacer
                esta experiencia, a perder
                se arriesga la autoridad;
                que revocar brevemente
                lo que ha mandado, es mostrar
                que es liviano en revocar,
                o fue en mandar imprudente.
REY: Bien decís.
LICURGO: Esta razón

me ha obligado a divulgarlas
antes que mandéis guardarlas.
REY: Decidlas, pues.
LICURGO: Éstas son.

Lee

**"Que los plebeyos, en llegando a edad de
diez y ocho años, den cuenta del oficio que
tienen para sustentarse, y hallándolos ociosos,
sean condenados a las obras públicas."**

REY: Rigor y dificultad
tiene esa ley.
LICURGO: Nadie ignora
que es de los vicios autora,
gran señor, la ociosidad.
   Principio es de la pobreza
del reino, y lo que destruye
los miembros, le disminuye
el poder a la cabeza.
   Y siendo este mal tan grave,
la ley no os parezca dura;
que un gran daño no se cura
con medicina süave.
REY: Adelante.

Lee

LICURGO: **"Que los nobles que en llegando a veinte y
cuatro años de edad no hubieren servido tres
en la guerra, no gocen las exenciones hasta
servirlos."**

   Esto es fundado en razón.
Reconozca la nobleza,
puesto que de Marte empieza,
su original profesión.

Allí se aumenta el valor,
se aprende el trabajo, y hecho
a peligros, pierde el pecho
a la Fortuna el temor.
   Y así, cuando más dormida
esté en la paz vuestra tierra
estará para la guerra
ensayada y prevenida.
REY: Proseguid.

Lee

LICURGO: "Que muriendo el rico casado sin hijos,
             deje a su consorte, sí fuere pobre, la
             congrua sustentación por lo menos hasta las
             segundas bodas."

REY: Eso es justo.
LICURGO: Es caso fuerte
             que el que fallece no impida
             el deshonor de la vida
             que más ha de honrar su muerte.
               Y que obligue de este modo
             a que del todo empobrezca
             su esposa, porque enriquezca
             algun extraño del todo;
               y una breve cantidad
             negar en sus bienes quiera
             a quien quiso que tuviera
             en sus hijos la mitad.
REY: Está bien.

Lee

LICURGO: "Que los extranjeros que quisíeren
             avecindarse en este reino, gocen desde
             luego de las preeminencías de vecinos
             y naturales."

REY: ¿Cuál es el fin de esa ley?
LICURGO: Que vuestras fuerzas aumente;
              que la copia de la gente
              hace poderoso al rey.
REY: De la gente amiga y propria
              se entiende; que de la extraña,
              antes sospecho que daña
              y es peligrosa la copia.
LICURGO: La extraña, señor, se hace
              tan propria por la amistad,
              el trato y la vecindad,
              como la que en Creta nace;
                porque a darle el tiempo viene
              hijos y caudal en ella;
              y no hay más patria que aquella
              donde tales prendas tiene.
REY: Proseguid.

Lee

LICURGO: **"Que los oficios de justicia no tengan
              situado en la real hacienda estipendio
              cierto, sino que a cada ministro se le
              señale según la calidad y necesidad del
              oficio y la persona."**

                Éste es, señor, provechoso
              arbitrio a mi parecer;
              que el rico no ha menester
              más premio que el cargo honroso;
                y el pobre, a quien congruente
              sustento señalaréis,
              si enriqueciere, sabréis
              que ha sido lícitamente.
                Ni por esto es de temer
              que quien sirva ha de faltar;
              que es poderoso el mandar,
              y es hechicero el poder.

REY: Proseguid.

Lee

LICURGO: **"Que los afrentados por delitos**
        dañosos a la república no sean desterrados
        del lugar en que los afrentaron, antes
        obligados a vivir en él."
REY: No entiendo vuestra intención.
LICURGO: Demos que en Creta se afrente
        alguno por maldiciente,
        por embustero o ladrón.
          El desterrarlo es hacer,
        en lugar de castigarlo,
        su negocio, y envïarlo
        a otro lugar a ejercer
          con más daño su maldad;
        pues el ignorar su trato
        quita a la gente el recato,
        y a él le da libertad.
          Luego donde fue afrentado
        hará el ser ya conocido
        al pueblo más prevenido,
        y a él mas escarmentado.
REY: Basta por hoy. Las demás
        veré, Licurgo, otro día.
        (¿Cuándo, ardiente pena mía,   **Aparte**
        el rigor mitigarás?

Hablan dentro CORIDÓN y un CRIADO

CORIDÓN: Hemos de hablarle.
CRIADO: Serranos,
        tened respeto, aguardad.
CORIDÓN: Óiganos su majestad.

Sale PALANTE

PALANTE: Una turba de villanos
             que a Teón y sus crïados
             hasta palacio han traído
             presos, romper han querido
             las puertas, alborotados,
                 por hablarte.
REY: Entren.
PALANTE: Serranos,
             entrad.

*Salen CORIDÓN y VILLANOS que traen atados a
TEÓN y sus CRIADOS, y TELAMÓN*

CORIDÓN: Señor prepotente,
             este mancebo insolente
             por los pueblos comarcanos
                 muchas hermosas doncellas
             y casadas esforzó,
             y a muchos hirió y mató
             que quisieron defendellas.
                 A remediar este mal
             nos juntamos, y durmiendo
             le agarramos; mas sabiendo
             que es persona principal,
                 castigar su gran malicia
             muesos alcaldes no osaron,
             y a vos mismo nos mandaron
             que pidiésemos josticia.
VILLANOS: ¡Josticia, señor!
REY: Los pechos,
             labradores, sosegad.
             Yo haré justicia; fïad
             que iréis todos satisfechos.
TEÓN: ¿Dónde está mi padre, amigo?
PALANTE: A su quinta se partió.
TEÓN: Haz avisarle; que yo,
             como prendieron conmigo
             mis criados, he llegado

antes que la nueva aquí.
PALANTE: Harélo al punto; que a mí
también tu afrenta ha tocado.

Vase PALANTE

REY: (Aunque es la hermosa Dïana   **Aparte**
a mis penas tan crüel,
ni he de castigarlo a él,
por no ofender a su hermana,
   ni, si acaso su malicia
merece pena, es razón
que con injusto perdón
dé quejas de mi justicia.
   A Licurgo encargaré
su causa; que él, por mostrar
más rectitud, ha de usar
más rigor; y así daré
   a mi Dïana ocasión
de aborrecerle). Escuchad
los villanos, y juzgad
vos la causa de Teón,
   Licurgo.
LICURGO: ¿De un deudo mío
queréis hacerme jüez?
REY: Sí; que pretendo esta vez
conocer de quién me fío.
LICURGO: A obedeceros me obligo...
(Que el tiempo me enseñará   **Aparte**
lo que he de hacer.)

Vase el REY. Hablan aparte LICURGO y TELAMÓN

TELAMÓN: Puesto está
en tus manos tu enemigo.
LICURGO: Disimular nos conviene;
no nos conozca Teón.
CORIDÓN: (¡Cielos! ¿No es éste Lacón?   **Aparte**

¡Ved la braguedad que tiene!)
          Lacón.
TEÓN: ¿Qué escucho?
TELAMÓN: (¡Ah, villano!)   **Aparte**
CORIDÓN: ¡Oh! Luego pierde el joïcio
          el roïn puesto en oficio.
          ¡Qué presomido y que vano
             está ya el que en una venta
          paja y cebada ha medido!

A TELEMÓN

LICURGO: Coridón me ha conocido,
             y ha de publicar la afrenta
                que de Teón recibí.
             Remédialo, Telamón.
TELAMÓN: Ya has hablado, Coridón;
             no tienes qué hacer aqui.
                ¡Sal fuera!
CORIDÓN: Escochadme.
TELAMÓN: ¡Cierra
             los labios, o te echaré
             a palos!
CORIDÓN: No; que ya sé
             que es Palos bellaca tierra.

Vase CORIDÓN

TEÓN: (¡Ah, dioses. Yo soy perdido;   **Aparte**
             que es Licurgo al que mi mano
             en el traje de villano
             injustamente ha ofendido.)
                Advertid que soy Teón,
             hijo del noble Severo.
LICURGO: Yo mismo llevaros quiero,
             pues lo sois, a la prisión;
                que el decoro he de guardar
             a vuestra sangre debido.

TEÓN: Que antes me escuchéis os pido;
que a solas os quiero hablar.
LICURGO: Dejadnos solos.
TELAMÓN: Serranos,
despejad!
VILLANO 1:   Él le dirá
mil enredos.

VILIANO 2:   O querrá
por dicha untarle las manos.

LICURGO: Ya estamos solos; hablar
podéis.
TEÓN: Licurgo; no hay cosa
de la sangre generosa
mas digna, que perdonar.
   No por haber merecido
el gobierno y la privanza,
hagáis injusta venganza
en un preso y oprimido,
   pues a mi padre debéis
el poder y la opinión
que de un villano Lacón
os levantó donde os veis.
LICURGO: Mi poder teméis en vano
que mi afrenta vengue aquí.
Si cuando la recebí
era Lacón un villano,
   ya soy Licurgo, Teón,
y no es cordura pensar
que Licurgo ha de vengar
las injurias de Lacón.
   Antes ninguno pudiera

juzgaros, esto fïad
de mí, que a la libertad
más presto que yo os volviera.
TEÓN: Con esto iré a la prisión
seguro de mi ventura.
LICURGO: En Licurgo, está segura;
pero guardáos de Lacón.

Vanse los dos. Salen CORIDÓN, DORISTO y VILLANOS

DORISTO: Coridón, ¿de qué estás triste?
¿Es por Menga?
CORIDÓN: No, Doristo;
Que de enviudar y heredar
ninguno se ha entristecido.
DORISTO: ¿Es porque dicen que vienen
de Esparta los enemigos
a darnos guerra?
CORIDÓN: Tampoco.
DORISTO: Pues di, ¿qué te ha socedido?
CORIDÓN: Estó a matar con Licurgo.
¡Que haya mandado que el vino
se venda sólo en boticas!
Yo he de perder el joïcio.
DORISTO: ¿El vino en boticas?
CORIDÓN: Sí.
¿Quién vio mayor desatino?
Diz que dicen los dotores
que es dañoso, y han querido
que a quien ellos ordenaren,
lo den a gotas.
DORISTO: ¿El vino
a gotas?
CORIDÓN: Sí, el vino a gotas,
y el agua nos dan a ríos.
¡Pobre vino! ¿Que será
verlo encerrado en un vidrio
entre las aguas infames
de Lonfrancos y Colillos?

Pues no ha de pasar así.
Rebelémonos, Doristo;
demos guerra a las boticas,
demos libertad al vino;
que para esto yo hallaré
mil mosqueteros amigos.
DORISTO: ¡Viva el vino y muera el agua!
Pero la fuente del Pino
es ésta, donde Licurgo
nos mandó aguardar.
CORIDÓN: ¡Que quiso
que para aguardarle fuese
una fuente de agua el sitio!
¡Puh! ¡Mal hayas, enemiga
del gusto, licor maldito,
que el cielo te echa de si,
y por la tierra corrido,
arrastrado y despeñado,
llegas al mar fugitivo!

*Salen **LICURGO** y **TELAMÓN**, de villanos*

LICURGO: Aqui estan ya los villanos.
CORIDÓN: ¿No sabéis lo que imagino?
Que es gran borracho Licurgo,
y con esta traza quiso
tener modo de poder
hartarse él solo de vino.
TELAMÓN: De ti murmuran.
LICURGO: Pensión
es del buen gobierno. Amigos,
los dioses os acompañen.
CORIDÓN: ¡Oh, Lacón! ¿Nos has oído?
LICURGO: No.
CORIDÓN: ¡Mal año, si lo oyeras!
LICURGO: ¿Qué fuera?
CORIDÓN: Lo dicho, dicho.
LICURGO: ¡Bueno a fe!
CORIDÓN: Lacón, decid,

                    ¿cómo estáis tan presomido
                    en siendo Licurgo?
LICURGO: Es ésa
                    obligación del oficio.
CORIDÓN: Pues sos agora Lacón,
                    remediad esto del vino.
LICURGO: Después trataremos de eso.
                    Agora entre estos alisos
                    os esconded, y callando,
                    que importa a un intento mío,
                    seguid el orden que os diere
                    Telamón.
CORIDÓN: Esto del vino...

Vanse los VILLANOS

LICURGO: Retirémonos; que siento pasos.

Salen un ALCAIDE y TEÓN

ALCAIDE: Ya estáis en el sitio
                    donde aguardarle os mandó
                    vuestro padre.
TEÓN: Alcaide amigo,
                    vuestro esclavo soy.
ALCAIDE: Adiós,
                    que yo me vuelvo a mi oficio.

Vase el ALCAIDE

LICURGO: Ya Teón está en el puesto.
TELAMÓN: Declárame tus designios.
LICURGO: Del alcaide confié
                    este engaño y he traído
                    esos víllanos a ser
                    de mi venganza testigos,
                    pues lo fueron de mi afrenta;

y aunque puede el ofendido
tomar la justa venganza
con ventaja, el valor mío
quiere matar cuerpo a cuerpo
en el campo a mi enemigo.
Tú con esos labradores
atiende al marcial conflicto,
sin moveros hasta verme,
o vencedor o vencido;
y si acaso fuere yo
el muerto, este papel mío

Dale dos papeles

darás al rey; que por él
le perdono este delito;
y éste a mi esposa Dïana,
cuya mano he merecido,
y es para la posesión
esta venganza el camino.
TELAMÓN: Pues ya le diste la mano,
dar muerte a su hermano mismo
es gran crueldad.
LICURGO: Esto es ser
honrado, no vengativo.
Calla y vete.
TELAMÓN: Yo obedezco,
y que has de vencer confío;
que el valor y la razón
y el amor llevas contigo.

Vase TELAMÓN

TEÓN: Gente viene. ¿Si es mi padre?
Mas, ¿no es Licurgo el que miro?
¡Oh, hermano!
LICURGO: ¡Ten! Que no soy
sino Lacón, tu enemigo.

El villano que agraviaste
soy yo; Licurgo es marido
de tu hermana; él dio palabra
de librarte; ya lo hizo;
mas, "guárdate de Lacón,"
Licurgo también te dijo.
Ni de él te puedes quejar,
pues te dio tan cuerdo aviso,
ni de Lacón, que agraviado,
cuerpo a cuerpo en desafío
toma tan justa venganza.

TEÓN:	Presto verás que mis bríos
de tan loca bizarria
te dejan arrepentido.

Acuchíllanse

LICURGO:	Cuanto más es tu valor,
mayor fama dara al mío.

*Vanse combatiendo. Vuelven los VILLANOS y
TELAMÓN; CORIDÓN, con piedras, y DORISTO*

CORIDÓN:	¡Pese a tal, y con qué furia
se dan los dos enemigos!
¡Por Júpiter, que semejan
a dos celosos novillos!

TELAMÓN:	No os mováis.

CORIDÓN:	Deja siquiera
que arroje este mendruguillo
al bellaco de Teón;
mas ya en el suelo rendido,
ha dado a todos venganza.

TELAMÓN:	Ya tiene justo castigo.

CORIDÓN:	¡Que tenga tanto valor
quien es contrario del vino!

Sale LICURGO

LICURGO: Ya, serranos, que mi afrenta
              vistes, también habeis visto
              mi venganza, y ya os he hecho
              justicia de sus delitos.
CORIDÓN: Y--¡voto al sol!--como honrado.
LICURGO: Oye, Telamón, amigo.

Habla aparte a TELEMÓN

              En la más profunda sima
              oculta el cadáver frío,
              y antes que el caso publiquen,
              lleva a mi casa contigo
              estos villanos, y en ella
              estén presos y escondidos;
              que hasta que mi esposa goce,
              no ha de saberse que he sido
              homicida de su hermano;
              antes fingiré que vivo
              y libre está por mi industria.
TELAMÓN: Bien haces.
LICURGO: Seguid, amigos,
              a Telamón, y guardad
              secreto en lo que habéis visto
              hasta que os avise.
CORIDÓN: Vamos;
              mas puesto que es vuestro oficio
              deshacer agravios, otro
              deshaced.
LICURGO: ¿Cuál?
CORIDÓN: El del vino.

Vanse. Sale el REY, leyendo una carta, y
PALANTE

REY: ¡Ah, Fortuna vil! Ya veo

81/93

que sólo mi mal ordenas;
Ya la princesa de Atenas
habita al campo Leteo,
    Palante.
PALANTE: ¿Hay nueva más triste?
    ¿La princesa es muerta?
REY: Sí;
    su padre lo escribe así.
PALANTE: Tu cara esposa perdiste,
    y en ella el reino de Atenas.
    El cielo te es enemigo.
REY: Pues esa pérdida, amigo,
    no es la ocasión de mis penas,
    sino el haberlo sabido
    cuando ya Licurgo alcanza
    lo que pierde mi esperanza;
    orden de mi suerte ha sido.
    Dïana fuera mi esposa,
    si yo esta nueva tuviera
    antes que a Licurgo hiciera
    digno de su mano hermosa.
    Pues, difunta ya la hija
    del de Atenas, no le queda
    otra que impedirme pueda
    que dueño a mi gusto elija.
PALANTE: Pues se perdió esa ocasión,
    ya lo que importa es buscar
    remedio para aplacar
    tu ardiente y ciega pasión;
    que en esto tan de tu parte
    está Marcela, que creo
    que has de cumplir tu deseo,
    pues ella se ofrece a darte
    en su cuarto mismo entrada;
    y a Licurgo facilmente
    puedes hacer que se ausente.
REY: ¿Cómo? Di.
PALANTE: Pues publicada
    la enemistad, el de Esparta
    viene talando tu tierra,

por general de esta guerra

le nombra, y haz que se parta
a impedirle el paso.
REY: Amor
me ciega; disculpa tengo.
PALANTE: El remedio te prevengo,
como quien ve tu dolor.
REY: No en vano en mi corazón
el lugar primero tiene
tu amistad.
PALANTE: Licurgo viene.
REY: Daréle luego el bastón.

LICURGO: Ya que servicios he hecho,
señor, en Creta, y cumplido
con la ley, que ilustre os pido
la efigie real mi pecho.
REY: Siempre vos en mi opinión
la tuvistes merecida.
LICURGO: Siglos cuente vuestra vida.
REY: La medalla y el bastón
saquen luego.
PALANTE: Voy, señor.

Vase PALANTE

REY: Del espartano poder
sólo os podrá defender,
Licurgo, vuestro valor;
y así os hago de esta guerra
general, porque partáis
a encontrarlo, y le impidáis
hacer mas daño en mi tierra.
LICURGO: Vuestra voluntad real es ley.

*Vuelve PALANTE con una medalla y un
bastón*

PALANTE: Ya está aquí el bastón
          y efigie.
REY: La obligacion
          en que esta heroica señal
            os pone, vuelvo a explicaros;
          ser leal, y en mi defensa
          morir, no sufrir ofensa
          de vuestro honor sin vengaros.
LICURGO: Por los dioses celestiales
          juro cumplirlo.
REY: Tomad
          la medalla, pues, y honrad
          los comílites reales.

                    Pónesela al cuello

LICURGO: Dadme esos pies soberanos
          por tal merced.
REY: Recebid
          el bastón, y hoy os partid
          a enfrenar los espartanos.
LICURGO: ¿Hoy, señor?
REY: Para marchar
          mi gente esta prevenida;
          Creta es por vos oprimida,
          y vos la habéis de librar.

                  Vanse el REY y PALANTE

LICURGO: Nunca la Fortuna airada
          dio ventura sin pensión.
          Hoy tu dulce posesión
          alcanzo, esposa adorada,
            y es hoy partirme forzoso.
          ¡Qué noche tan diferente
          que esperaba, tendré ausente

de tu tálamo dichoso!
TELAMÓN: No te aflijas. ¿Qué jornada
puede el ejército hacer
hoy, que no puedas volver
a gozar tu esposa amada
    esta noche facilmente?
Para que no sepa el rey
que has quebrantado la ley,
desamparando su gente,
    podrás ausentarte della
cuando el sueño la sepulte,
y volver cuando se oculte
en el mar la última estrella.
LICURGO: Bien has dicho; pero acá
importa la prevención
y el secreto, Telamón:
a cuyo efeto será
    el quedarte tú forzoso,
para que tengas la puerta
al punto que llegue, abierta;
porque ni mi dueño hermoso
    lo ha de saber hasta hallarme
en sus brazos.
TELAMÓN: Quede así.
LICURGO: Telamón, sólo de ti
pudiera en esto fiarme.

Vanse los dos. Sale MARCELA

MARCELA: De celosa pasión locos desvelos,
¿que excesos, que delitos no han causado?
De amor y celos y desdén forzado,
dejó su luz hermosa el dios de Delos.
    La misma Juno, que en los altos cielos
trono ocupa de estrellas fabricado,
¿qué yerros, qué locuras no ha intentado
con la furia de amor, desdén y celos?
    ¿Que mucho--ay triste!--si pasiones tales
tienen tanto poder en quien alcanza

el cetro de los dioses celestiales,
  que humana yo, perdida la esperanza,
intente, para alivio de mis males,
con amor, celos y desdén, venganza?

Sale DIANA

DIANA: Marcela, ¿quién me podrá
  igualar en desventura?
MARCELA: Es pensión de la hermosura.
DIANA: Partióse mi esposo ya
  a la guerra, y la crüel
suerte que al rey me ha quitado,
aun quiere darme penado
el bien que me dio por él.
MARCELA: (¿Quejas das al ofendido?)   **Aparte**
Presto volverá a gozarte
con mil despojos de Marte.
DIANA: ¡Ay prima! Que ha sucedido
  uno y otro mal agüero;
que cuando al partir me dio
los brazos, se le cayó
del lado el bruñido acero;
  y al instante que salía
por la sala, del ingrato
rey mi enemigo el retrato,
que sobre el umbral pendía,
  sobre sus hombros cayó;
y al poner en el estribo
el pie, furioso y esquivo
el caballo resistió.
MARCELA: Agüeros son evidentes
de un gran mal. (Dé mi venganza **Aparte**
temores a tu esperanza.)
Con justa causa lo sientes.
  Tus penas alivie el cielo;
que yo te quiero dejar,
porque al triste suele dar
la soledad mas consuelo.

DIANA: No puede en males tan fieros.
MARCELA: (Hoy me vengo: yo he de abrir   **Aparte**
              al rey la puerta, y cumplir
              esta noche los agüeros.

DIANA: Dioses, si vuestra deidad
              de mí se venga ofendida,
              dar fin a mi triste vida
              será piadosa crueldad;
                 pero si no os ofendí,
              pues de justos os preciáis,
              dadme el bien que me dais,
              volvedme el que perdí.

Vase DIANA. Salen el REY y PALANTE, de noche

PALANTE: Tu gloria verás cumplida
              esta noche, pues Marcela
              en servirte se desvela.
REY: O mi tormento o mi vida
                 tengan fin.
PALANTE: La seña haré.
REY: ¡Ay, amigo! ¡Loco estoy!

Asómase MARCELA a una ventana

MARCELA: ¿Es Palante?
PALANTE: Sí.
MARCELA: Ya voy.

Vase MARCELA

REY: O venceré o moriré.
PALANTE: Otra ocasión no te queda,

si ésta no sabes gozar.
REY: Por fuerza pienso alcanzar
lo que por amor no pueda.
          Piérdase el reino, Palante,
y el mundo, pues yo me pierdo;
que es imposible ser cuerdo
el que es verdadero amante.
PALANTE: Ya está a la puerta Marcela.

Sale MARCELA

MARCELA: Entrad.
REY: Marcela querida,
tuyo es mi reino y mi vida.
MARCELA: (¿Qué no hará quien ama y cela?)   **Aparte**
          Seguidme.

Vanse todos por una puerta y vuelven por otra

REY: Porque a mi intento
ayude la soledad,
solo los dos me dejad
en llegando a su aposento.
MARCELA: Bien dices; que con testigos
nunca una mujer honesta
se atreve. Su puerta es ésta.
REY: Pues dejadme solo, amigos.
MARCELA: Por si lo sintiere acaso
Severo, será importante
que, o para avisar, Palante,
o para impedirle el paso,
          estemos en centinela
en su cuarto.
PALANTE: Ya te sigo.
MARCELA: (Éste es, Licurgo, el castigo   **Aparte**
de no estimar a Marcela.)

Vanse MARCELA y PALANTE. Corren una

REY: Escribiendo está mi dueño,
         como divino, inhumano.
         Parece que de la mano
         le quitó la pluma el sueño.
            Favor a un engaño pido,
         pues la ocasión me convida.

Mata las luces y llégase a ella

DIANA: ¿Quién es?
REY: Esposa querida,
         tu esposo soy, que he venido
            a verte secretamente.
DIANA: ¡Hola! ¡Una luz!
REY: ¡Calla, calla!
         Que antes, mi bien, el matalla
         fue prevención conveniente
            por no ser sentido así;
         que es contra ley ausentarme
         del campo, y sólo fiarme
         pudiera en esto de ti.

Salen LICURGO y TELAMÓN, de noche, a oscuras

LICURGO: ¡Dioses! ¿Qué escucho?
TELAMÓN: ¿No digo
         que la puerta sentí abrir?
DIANA: Pues habiendo de venir,
         Licurgo, a verte conmigo,
            ¿no me avisaras?
REY: No fuera
         tan dichoso aquí mi amor;
         que aquél es gusto mayor,
         esposa, que no se espera.

LICURGO: Aquí hay engaño y traición.
          ¡Presto, una luz!
TELAMÓN: Voy por ella.

Vase TELAMÓN

REY: Cojamos, esposa bella,
          el copete a la Ocasión;
            que son breves los momentos
          que mis dichas te merecen.
DIANA: (¡Ay de mí! No me parecen   **Aparte**
          de Licurgo estos acentos.)
            Deja primero, señor,
          que una luz vaya a traer.
REY: A riesgo quieres poner
          mi gusto, vida y honor;
            porque despertar podrás
          a quien publique mi exceso.
DIANA: (Mucho resiste, y con eso   **Aparte**
          crece mi sospecha más.)
REY: Ven, esposa.
DIANA: (El rey parece.) **Aparte**
LICURGO: (¡Lo que tarda Telamón!)   **Aparte**
REY: No se pase la ocasión
          que breve instante me ofrece.
DIANA: (Él es sin duda.)   **Aparte**
                    ¿Qué intenta
          tu engañoso y falso amor?

Sale TELAMÓN, con luz

REY: ¿Qué es esto?
LICURGO: ¡Muera el traidor

Saca la espada

          que se ha atrevido a mi afrenta!

90/93

REY: ¡Detente; que soy el rey!
LICURGO: ¿El rey?

Detiénese

REY: ¡El rey!
LICURGO: ¿Quién pudiera
          atreverse, sino un rey,
          a hacer a Licurgo ofensa?
          Esa puerta, Telamon,
          cierra al momento; no venga
          quien la más heroica hazaña
          me impida que historias cuentan.
REY: ¿Matarme quieres, traidor?
          ¿Que al fin fueron las estrellas
          en un sabio poderosas,
          y en su pronóstico ciertas?
DIANA: (¡Ay de mí! ¡Qué confusión!)   **Aparte**
LICURGO: Rey, lo que pudieron ellas
          es darme ocasión tan fuerte
          con mi valor y tu ofensa,
          pero no a la ejecución
          obligarme; y porque veas
          que el sabio, aunque más le inclinen,
          es dueño de las estrellas,
          oye, y verás brevemente
          que con una hazaña mesma
          las venzo y cobro mi honor,
          aunque imposible parezca.
          Ni es razón, pues ya he besado
          tu mano real, que mueva
          a darte muerte el acero,
          aunque vida y honor pierda;
          ni es razón que tú me mates
          por gozar mi esposa bella,
          ni que tirano conquistes
          con tal crueldad tal afrenta;
          ni que yo afrentado viva

91/93

es razón; que aunque mi ofensa
fue intentada sin efeto,
no ha de examinar quien sepa
que con mi esposa te hallé,
mi disculpa; y lo que intentan
los reyes, ejecutado
el vulgo lo considera;
ni es razón, ni yo lo espero,
que tus gentes ya, en defensa
de un extranjero afrentado,
sufran de Esparta la guerra;
ni es razon que yo a mi patria
por su mismo daño vuelva,
si en no derogar mis leyes
consiste su paz eterna.
Pues para que ni te mate,
ni me mates, ni consienta
vivo mi infamia, ni Esparta
me cobre, ni oprima a Creta,
yo mismo dare a mi vida
fin honroso y fama eterna,
porque me llamen los siglos
el dueño de las estrellas.

Arrójase sobre su espada y cae muerto

DIANA: ¡Detente, esposo!
REY: ¡Licurgo,
            detente! ¡Llamad apriesa
            quien la injusta ejecución
            impida a la muerte fiera!
DIANA: Ya no hay remedio. ¡Ay de mí,
            viuda, cuando esposa apenas!

Salen SEVERO, PALANTE y MARCELA

SEVERO: ¿Qué es esto, dioses?
REY: La hazaña

mayor que el mundo celebra.
Él mismo se dio la muerte,
de su lealtad y mi ofensa
forzado. Licurgo amigo,
Dïana, si así consuelas
tu muerte, será mi esposa;
que no hay otra recompensa
de esta hazaña.
SEVERO: Ya expiró.
REY: Dïana, porque no seas
un punto viuda por mí,
tuyo soy, mi mano es ésta.
SEVERO: En vos resplandecen juntas
la justicia y la clemencia.
Dale la mano, Dïana.
DIANA: Que a ti y al rey obedezca
es forzoso.
TELAMÓN: Ya lo es
también, Severo, que sepas
que Licurgo dio a Teón,
en venganza de una afrenta
que del recibió, la muerte.
SEVERO: ¿Qué es lo que dices?
REY: No es ésta,
Severo, cuando mis bodas
celebro, ocasión de quejas.
Háganse luego a Licurgo
las funerales obsequias,
y un epitafio en su mármol
diga, "Aquí a su fama eterna
dio principio, y tuvo fin
el dueño de las estrellas."

FIN DE LA COMEDIA